LE BANC DES SOUPIRS

DU MÊME AUTEUR

LE BUREAU DES SOLITUDES, *roman*, Grasset, 2002.
LE VOLEUR DE MÈRE, *roman*, Grasset, 2004.
LE PÈRE ÉTERNEL, *roman*, Grasset, 2006.

ANNE GOSCINNY

LE BANC DES SOUPIRS

roman

BERNARD GRASSET
PARIS

© ISBN : 978-2-246-77891-2

*A Monsieur H.**
Et à Aymar du Chatenet

l'« h » initial peut être muet ou aspiré. Dans les deux cas, il ne représente aucun son. (*Le Petit Larousse.*)

Que je voudrais être ce monsieur qui passe
Ce monsieur qui passe et qui ne sait rien
Rien de mes espoirs, rien de mes angoisses
Rien de mes révoltes serrées dans mes poings
Je veux une vie où tout soit limpide
Où ne traînent pas tant de chiens perdus
Tant d'étés fanés, tant de chambres vides
Tant d'amours déçues.

Annie Noël pour Serge Reggiani

« Quand les mots cessent de chanter – à l'occasion d'un reproche, d'une réprimande, ou exprimés par une voix désaffectivée – ils peuvent blesser ou effrayer : c'est pour cette raison que les parents penchés sur le berceau du nouveau-né empruntent au chant ses caractéristiques pour souhaiter à leur enfant la bienvenue dans l'univers de la parole. »

Philippe Grimbert
(*Psychanalyse de la chanson*)

Rapport

On a retrouvé chez la victime des écrits de son mari relatant les soirées des 22, 24, 26 février ainsi que celles des 1er, 3 et 5 mars.

Toutes commencent par le récit de la dernière séance du jour.

Le meurtrier présumé n'écrivant qu'un jour sur deux, nous pouvions penser qu'il s'agissait là d'une chronique exclusivement consacrée à l'une de ses malades.

Il n'était pas exclu que ce journal constitue des notes de travail dont la dénommée Jeanne Silberblick était l'objet. Le meurtrier présumé étant connu pour avoir publié de nombreux travaux, cette chronique centrée sur une unique patiente aurait pu être considérée comme le début d'une étude.

Mais la précision avec laquelle le suspect raconte sa vie intime vient contredire la thèse d'une étude.

Les pièces versées au dossier sont les déclarations des individus dont il est question dans le récit du meurtrier présumé.

Nous avons interrogé plus particulièrement Jeanne Silberblick. Ses propos figurent dans ce rapport.

Nous avons décidé de respecter (ou de rétablir) un ordre chronologique pour une meilleure compréhension du dossier.

Séance du 22 février

Il est 20 heures. Pile. Avec elle, il n'y a pas de suspens. Elle arrive à l'heure, elle repart à l'heure. Il essaye parfois d'abréger la séance, tentative qu'elle sait vaine.

« Voilà. Je peux partir ?

— Pourquoi voulez-vous partir ? »

Elle hésite alors entre soumission et agacement.

D'un ton froid, je l'interroge de nouveau :

« Pourquoi voulez-vous partir ? »

Le temps qu'elle ne me réponde pas. Le temps qu'elle appuie sa main droite sur le radiateur chaud. Le temps qu'elle mette son écharpe et ramasse son manteau, il est 20 heures pile. Elle sort son carnet beige et vérifie avec moi l'heure de notre prochain rendez-vous. Elle prend un crayon sur mon bureau et note. Elle remet le crayon, extraie de son sac un portefeuille turquoise et me tend cent euros comme on se passe un mot en douce pendant un cours.

Je lui ouvre la porte, la première puis la deuxième, celle qui la rejette à l'extérieur. Elle ouvre elle-même les deux autres portes. Quatre portes la séparent de ce qu'elle appelle « la vie civile ».

Après sa vie ne me regarde plus, je sais que je la laisse sur le trottoir, et que je suis son seul client !

Enfin me voilà seul. Enfin je vais rentrer chez moi. Ma femme m'attend. J'aurai raté le début du journal télévisé. Pas grave, elle me racontera. Cécile est jolie, même quand elle ne fait pas d'effort. Nous sommes mariés depuis vingt-trois ans. Vingt-trois ans de complicité. Cécile est vétérinaire. Elle est douce avec les animaux et douce avec leur propriétaire. Cécile écoute le maître et soigne l'animal. Cécile écoute l'animal et soigne le maître.

J'aime quand il est 20 heures. Je ne pense plus à ceux qui ont franchi les quatre portes.

Leurs angoisses, leurs névroses, leurs obsessions, leur agressivité, leur transfert. Quatre portes et la rue me séparent de tout cela. Je vais retrouver Cécile. Ma Cécile. Aussi jolie aujourd'hui qu'à trente ans. Plus encore. Blonde aux yeux clairs. Grande, mince et surtout élégante. Cécile est née élégante. Elégante le matin quand elle met le filtre dans la cafetière, élégante le soir quand elle se déshabille.

Nous habitons un joli appartement pas très loin de mon cabinet. Mais assez loin pour que je sois obligé de prendre ma voiture. Ce trajet qui m'éloigne de mes patients et me rapproche de ma femme est un moment de bonheur.

Je suis enfin chez moi. J'ai garé ma voiture, pris l'ascenseur, ouvert la porte, jeté les clefs sur le petit coffre en bois de l'entrée, enlevé mon pardessus.

« Cécile ?

— Oui !

— Je suis là…

— Oui. »

Je m'assieds dans le fauteuil du salon. Fatigué. Moi aussi j'ai franchi les quatre portes, moi aussi j'ai dû quitter mes endeuillés, pour moi non plus ce n'est pas simple de me consacrer intensément à eux, puis brutalement de revenir à la vie, la mienne, avec Cécile.

Je me suis servi un porto. Alcool désuet. J'ai allumé la télévision, trop tard pour les nouvelles, trop tôt pour la fiction. Je n'ai vu qu'une carte de France constellée de petits nuages.

Arrive Cécile. Moins belle que celle à laquelle j'ai voulu penser toute la journée entre deux patients, entre deux fantômes. Moins blonde, plus grise. Cette Cécile-là, j'avoue que je cherche à l'oublier. Je préfère inventer la Cécile que j'ai aimée. La Cécile de mes trente ans.

« On a sonné, tu ouvres ?

— Tu attends quelqu'un ?

— Non.

— J'espère que ce n'est pas encore le gamin du 4e avec son rat.

— Bonsoir monsieur. C'est pour Jean-Paul.

— Tu veux voir ma femme j'imagine. Tu sais pourtant qu'elle ne consulte pas ici. Elle a un cabinet. Il est tard. Tu ne peux pas attendre demain ?

— Non.

— Cécile ! Il y a le demeuré du 4e avec son horrible rat. Viens tout de suite avant que j'éradique l'un et fasse enfermer l'autre !

— J'arrive, j'arrive. »

Je les ai laissés tous les trois. La belle, la bête et le cinglé. Je suis allé m'allonger un peu. Epuisé. Commencer la journée avec des dingues et la terminer avec un rat, ce n'est pas une vie.

« Entre Louis-Albert. Montre-moi Jean-Paul. »

Le gamin et son fléau sont restés une bonne demi-heure. De notre chambre, j'entendais la voix douce de Cécile.

Elle est venue me prévenir qu'elle repartait faire passer une radio au rat. M'a précisé au passage que je ne l'attende pas pour dîner.

J'ai aimé cette femme. Mais trop de rats ont déteint. Ses cheveux blonds et doux sont devenus rêches et gris.

Cécile est rentrée beaucoup plus tard.

« Ah tu es là ? Je te préviens, ce soir je ne dîne pas avec toi. Je suis fatiguée. Le rat du 4e est mourant. Louis-Albert m'a expliqué que le matin même, tout allait bien, que son rat était joyeux et farceur. Puis lorsqu'il est parti au lycée, il l'a laissé dans sa chambre comme tous les matins avec ses graines, son bol d'eau et sa tranche de beaufort. Quand il est rentré chez lui en fin d'après-midi, il l'a retrouvé couché sur le flanc. Il a perçu un petit cri, un gémissement. Le rat n'avait pas touché son beaufort. Le gamin l'a mis dans le couffin de la poupée de sa petite sœur et est venu me trouver, très inquiet.

— Et alors ? Le rat, il est sauvé ?

— Une péritonite sur un rat, je te souhaite bien du plaisir. Enfin, je crois que j'ai réussi. Je l'ai mis en observation. Le gamin ne voulait pas que son rat passe la nuit tout seul dans une cage. J'ai dû lui expliquer que l'animal avait besoin de repos, que l'intervention avait été difficile. Et tu sais ce qu'il m'a répondu ? Eh ! Tu m'écoutes ?

— Mais oui ma chérie. Comment faire autrement ? Une histoire de rat atteint d'un problème de rein dans un couffin de poupée ! Quand je pense qu'il y a des pauvres types qui doivent se contenter de faire réviser le kama sutra à leur femme, je les plains ! Nos échanges à nous sont autrement plus intéressants ! Dis-moi, que lui as-tu trouvé ?

— Un rein ? Mais comment tu fais avec tes patients ? Tu confonds les orphelins et les divorcés ? Les boulimiques et les agoraphobes ? Une péritonite je te dis ! Bref, j'ai pris l'animal, je l'ai ausculté, et je lui ai fait une radio. Il gémissait toujours mais faiblement. Le diagnostic a été rapide et évident : péritonite. J'ai prévenu le gamin : "Je vais devoir opérer Jean-Paul."

« Le garçon s'est alors décomposé : "Opérer ? — Ne t'en fais pas. Il ne sentira rien. Je vais l'endormir, il passera la nuit ici, et demain en fin de journée, tu pourras venir le chercher. — Mais il va dormir où ?"

« Je lui ai désigné la petite pièce attenante à mon bureau. “Tu vois ? — Oui, là où il y a là une dizaine de cages. — C’est ça.”

« Et là, le gosse me dit : “Je resterai avec lui cette nuit. Vous comprenez, Jean-Paul déteste dormir seul. Il aura l’impression que je l’ai abandonné.”

Je l’assure du contraire, lui jure que son rat lui sera reconnaissant de l’avoir fait soigner à temps.

« Louis-Albert s’est assis, ou plutôt s’est laissé tomber sur la chaise destinée à rendre moins pénible l’inquiétude de ceux qui m’apportent leurs compagnons. Il a joint les mains comme on prie. Il a fermé les yeux comme on se recueille. Je l’ai entendu murmurer : “Prenez soin de Jean-Paul.”

« J’ai acquiescé, concentrée et émue. Il a même ajouté : “Vous comprenez, j’ai perdu Jean-Paul 1er trente-trois jours seulement après l’avoir adopté.”

J’y suis allée de mon couplet : “Mais l’histoire ne se répète pas forcément. Ce Jean-Paul survivra. C’est juste une appendicite. Tu peux me le laisser. Je te téléphonerai en rentrant pour te rassurer."

« Il a repris son blouson, l'air sombre. Je lui ai fait remarquer qu'il pouvait emporter le panier et les dentelles. Mais il a insisté pour que je mette le couffin dans la cage de Jean-Paul. "Une histoire de repère, j'ai lu ça dans Dolto ou dans Ruffo, je ne sais plus."

— Ce n'est pas le rat qu'il faut soigner, c'est le môme ! Guéris le rat, envoie-moi le gamin !

— Tu ne comprendras jamais l'importance des animaux dans la vie des gens. Cela dit, Jean-Paul n'était pas très en forme. J'espérais de tout cœur qu'il survivrait. J'ai appelé Louis-Albert pour lui dire que l'opération s'était bien passée, que Jean-Paul dormait, et qu'il pourrait passer le chercher le lendemain. Et là, tu ne sais pas ce qu'il me dit ?

— Non ! Qu'il t'apportait son cafard atteint d'un cancer du pancréas pour une séance de chimio ?

— Tu es vraiment impossible ! Comment peux-tu prétendre faire du bien aux gens en étant si arrogant ? Non. Il m'annonce qu'il a réfléchi et qu'il veut dormir avec lui.

— Dormir dans une cage avec son rat ?

— Je lui ai dit bien sûr que c'était impossible. Et là il me sort : “Mais Dolto a dit…”

« J'admets que je me suis un peu énervée, je lui ai conseillé de se reposer, et de changer de lecture. Il a insisté : “Il n'y a pas de fumée sans feu, si Jean-Paul doit mourir, j'ai lu dans Marie de Hennezel que je dois lui tenir la patte. Je ne dois pas fuir la mort de ceux qui me sont chers.”

« Je lui ai rappelé que Jean-Paul était un rat et pas un pape, un gros rat gris, que des gens payaient des fortunes pour éradiquer les rats, que je ferai mon possible pour sauver le sien. Et puis j'ai raccroché vivement, mi-amusée, mi-agacée. Jean-Paul, Dolto, pourquoi pas Cyrulnik et la résilience, quel métier !

« J'ai jeté un coup d'œil dans la cage. Jean-Paul dormait. Aujourd'hui j'ai opéré un furet et un lapin nain. Tout le monde récupérait. Le couffin était sous mon bureau. Je t'avoue que remettre le rat dans ses dentelles a été au-dessus de mes forces.

« J'ai enlevé ma blouse, défait mes cheveux, pris mon manteau et mon sac. J'ai mis l'alarme et fermé la porte de mon cabinet.

— Tu ne pouvais pas envoyer le rat chez un autre vétérinaire, ou directement à la décharge ? Tu me manques Cécile, on ne se voit plus.

— Je n'avais pas envie de passer la soirée avec toi. Je connais le scénario par cœur : tu t'effondres dans un fauteuil, tu dégommes la bouteille de porto avec l'hypocrisie des gens qui n'assument pas une vraie rasade. Tu es un alcoolique au centimètre. Si tu pouvais boire à la petite cuillère, comme un enfant tète du sirop contre la toux, tu le ferais ! Alors je suis rentrée en pensant à Jean-Paul puis à cet adolescent qui avait ingéré tout Dolto pour le bien de son rat. Et puis son allusion au livre *La Mort intime*, m'a bouleversée.

« Il faut que tu saches que toute la journée j'essaye d'oublier ton visage et ta voix. Tu sais que je veux te quitter ?

— Me quitter ? Mais qui voudra de toi à part les membres d'associations d'animaux nuisibles ?

— Ecoute : les enfants sont partis, je t'ai donné vingt-cinq ans de ma vie. J'ai grossi, je me néglige. Je ne t'aime plus et pire, je ne m'aime plus. Oui tu as été un père exemplaire, un mari parfait et même un fils modèle.

« Quand on se marie, on nous promet qu'après la passion, viennent l'amour et la tendresse. Tout est venu, tout est reparti. Nous n'avons en commun que nos trois enfants. Tu détestes les animaux, je méprise tes névrosés pour lesquels tu représentes souvent le dernier espoir. Mais moi je sais que tu es ailleurs et que tu empoches leur argent sans vergogne. J'ai une pensée pour tous les dingues qui viennent te voir : "Alors madame Trucmuche, avez-vous pu cette semaine sortir dans la rue sans craindre la foule ? – Mais docteur, moi mon problème c'est la nourriture."

« Je déteste la ville, tu ne supportes pas de passer le périphérique. En un mot, quand nous dînons tous les deux, on navigue entre dépression et myxomatose : tu me parles de la souffrance de tes patients, et moi je te raconte les maladies des animaux que je vois toute la journée.

« Nous ne nous comprenons plus. Chacun son univers. Ce soir un gamin désespéré a sonné chez nous, tout ce que tu as été capable de faire c'est le traiter de “demeuré”.

« Je t'ai raconté Jean-Paul. Tu ne m'as pas écoutée. Maintenant tu vas sans doute me parler de ta dernière patiente du lundi, dont d'ailleurs tu es incapable de retenir le prénom, et je n'écouterai pas.

« De toute façon, j'ai envie d'un bain. Et j'espère que le bruit de l'eau m'empêchera d'en entendre davantage. »

J'ai entendu couler l'eau dans la baignoire. A l'instant où je rentre, il faut qu'elle reparte sauver un rat.

Elle prend un bain, rince son visage bouffi de frustration. Lave les cheveux que le temps ne lui a pas repris. Met mon pyjama, un de ceux dont je ne veux plus, et se couche, les cheveux et les yeux humides.

Un deuxième verre de porto pour l'eau qui coule, un troisième pour la nuisette morte et les dentelles enterrées et un quatrième à la santé des quatre portes qui me préservent de ce qu'est devenue ma femme.

Rien. Rien dans le réfrigérateur. Rien dans le bocal où l'on met les pâtes en vrac. Rien. Une boîte de noix de cajou rescapée de l'abandon auquel Cécile livre notre maison. Ah ça, le rat et sa péritonite doivent festoyer pendant que je fais les poubelles. Je gobe les noix de cajou sans prendre la peine de les mettre dans un bol. J'ai sur les lèvres le goût du carton.

Elle a raison. Pourquoi continuer à faire semblant de mener une vie normale quand on sauve la vie d'un rat et qu'on oublie que l'homme qui vous a fait l'amour et des enfants rentre après une journée passée à éponger les échecs des autres ?

Je suis fatigué. Je mérite autre chose. Cécile aussi d'ailleurs. Opérer des rats…

Je sais qu'elle pensait à Jean-Paul. Pourvu qu'il se réveille… Elle s'est écroulée sur notre lit, fatiguée et triste. J'ai entrouvert la porte, je l'ai vue joindre les mains. Elle m'a lancé un regard qui balançait entre la haine et le désespoir et m'a dit : « Si je savais prier, je prierais. Pour moi, pour Jean-Paul, pour mes années mortes et enterrées, pour celles aussi que je ferai incinérer. »

Elle s'est couchée la première. J'ai continué à gober des noix de cajou en siphonnant mon porto.

Elle ne m'a pas entendu entrer dans notre lit. Elle avait pris un somnifère peut-être pour fuir cette femme grise et ronde encombrée d'un pyjama usé. Son assistante venait d'appeler à la maison : Jean-Paul gisait dans sa cage. Mort.

Voilà. Comme dirait ma dernière patiente des lundis, mercredis et vendredis (impossible de retenir son prénom. Son nom de famille bouffe l'une des deux malheureuses syllabes de ce prénom banal et bourgeois).

Voilà. Je suis couché. Mon lit est doux. Douce aussi la fin de la bouteille de porto. Je prends mes lunettes sur la table de nuit. Je termine le livre malicieux d'un psychanalyste écrivain à ses heures (à moins que ce ne soit le contraire) : *Evitez le divan.* Je souris. Je pense à Cécile et à son rat. C'est drôle la vie : le dernier animal qu'elle aura opéré porte en lui la désinence du futur. Ra.

Un futur sans Cécile. J'ai décidé de la tuer.

Louis-Albert

Louis-Albert, tu vis dans le même immeuble que le meurtrier présumé. Quand tu as sonné chez lui le soir du 22 février, avez-vous échangé quelques mots ? Il te paraissait normal ?

Je vous arrête tout de suite : je ne m'appelle plus Louis-Albert. Je m'appelle Jean-Paul. Je suis un rat. Un rat ça ne parle pas. Ça n'écrit pas non plus. Mais en cas de force majeure, la nature s'incline. Et aujourd'hui, non seulement elle s'est inclinée, mais elle s'est excusée.

Je prends la parole pour témoigner. Témoigner du néant. Vous les humains, vous êtes assez naïfs pour espérer le Paradis ou craindre l'enfer. Vous vous accrochez à cet après, à cet ailleurs et aux retrouvailles que si longtemps (parfois une vie), vous avez attendues. Mais nous les animaux, on nous enterre, on nous oublie, on nous remplace. Pas de cierge, pas d'encens. Moi par exemple, j'ai pris la place d'un autre rat. Un matin de janvier, Louis-Albert, celui à qui vous croyez vous adresser, m'a acheté quai de la Mégisserie. Il m'a dit tout de suite : « Toi, je vais te lire des livres, je vais t'apprendre l'anglais. Et si tu ne parles jamais, ce n'est pas grave : tu écriras. Tu seras le premier rat à être reçu à Harvard, grâce à toi on écoutera autrement le mot *littérature.* » Il m'a lu Hugo, Chateaubriand, Dumas… Il a hésité et finalement il m'a lu Camus.

Ce matin, Louis-Albert est parti au lycée comme tous les matins. Il m'a laissé des graines, de l'eau et ma tranche quotidienne de beaufort. Il m'a caressé longtemps, s'est assuré que tout allait bien. Il m'a embrassé sur le museau et m'a dit « à tout à l'heure Jean-Paul ». En général, j'avale mon beaufort alors qu'il est encore dans l'ascenseur. Aujourd'hui, je n'avais pas faim. Je crois que je me suis assoupi. C'est cette douleur vive au côté droit qui m'a réveillé. Impossible de me lever. J'ai attendu. Toute la journée. Je sais que sa mère n'entre plus dans sa chambre depuis que je suis là. Il paraît qu'elle a dit un jour (en parlant de moi) : « C'est lui ou moi ! » Il a répondu, calme et serein : « Ce sera lui. »

Les portes ont claqué. La petite sœur a dit : « Je t'en supplie maman, ne t'en va pas. » Le père n'a rien dit.

Il a décidé de faire de moi le rat parfait. Il s'est acheté les œuvres complètes de Françoise Dolto, quelques livres d'Edwige Antier. N'a pas oublié Aldo Naouri même si au sujet des théories de ce dernier, il est perplexe.

Il est très exigeant sur la bonne éducation et me lit le soir *Le carnet du savoir-vivre* édité par *Le Figaro.* Il me paraît en effet essentiel de savoir qu'il ne faut pas couper sa salade.

Pour l'instant, je suis couché sur le flanc. Enfin j'entends claquer la porte, et je reconnais son pas. Il entre et pousse un cri : « Jean-Paul, mon Dieu ! » Il se précipite dans la chambre de sa sœur, attrape le couffin de la poupée, arrange les draps, retape le petit oreiller bordé de dentelles, me pose délicatement dedans. Il me couvre avec l'édredon de satin. Il court dans l'escalier, monte au dernier étage où il sait qu'habite un vétérinaire. Il a pris soin de serrer contre lui le couffin pour que je ne sois pas trop secoué. Sonne à la porte. Un homme lui ouvre, antipathique et prétentieux. L'homme de mauvaise grâce appelle sa femme. Louis-Albert a pris soin de me découvrir pour qu'en sortant je n'aie pas froid (dit-il), et me regarde, hagard. Une larme roule sur le satin.

La femme arrive, gentille et douce.

Il parle, elle le regarde, l'écoute. Elle me soulève d'une main et m'allonge sur la table de la salle à manger. Elle me palpe, je gémis, elle m'ausculte. Elle explique à Louis-Albert qu'il faut faire une radio et probablement m'opérer. Il s'inquiète, elle le rassure et lui dit qu'elle lui téléphonera après l'opération. Il insiste pour que je dorme dans le couffin, elle répète : « Ne t'inquiète pas. » Il m'embrasse, me dit qu'il m'aime et qu'il viendra me chercher demain. Ajoute qu'exceptionnellement, et en dépit des conseils du bon Aldo, il m'autorisera à dormir dans son lit.

Louis-Albert est remonté chez nous, je suis parti avec le vétérinaire.

Nous arrivons enfin.

Elle désinfecte la table sur laquelle elle m'allonge et m'emmène dans une autre pièce, mieux éclairée. Le temps que j'aperçoive une seringue, dont je comprendrai plus tard qu'elle contient le produit qui m'endormira, je me réveille dans une cage, comme un vulgaire chien de chenil. Je me redresse, passe mon museau entre les barreaux : à gauche, un lapin, à droite un furet. Tu parles d'une compagnie ! Je n'ai ni graines ni eau. Je somnole.

Je pense à lui. J'entends le vétérinaire quitter la clinique. Les lumières sont éteintes. Je déteste le noir. J'entends le lapin s'agiter. Je somnole à nouveau. Tout à coup, une douleur fulgurante me transperce. Je crie. Et puis plus rien. Le néant. J'entends une voix dire : « Le rat est mort. Dead. Kaput. Tant mieux. Un de moins. » Je réalise alors que je suis passé de l'autre côté. Pas de couloir de lumière, pas de cohortes d'anges jouant Alléluia à la trompette, pas de Vierge Marie aux bras ouverts, pas de Jésus assis au pied du Père. Rien. L'éternité sera longue sans Dieu ni beaufort.

— Je m'appelle Jean-Paul, je suis un rat et je suis mort. Pourquoi vous intéressez-vous à moi ? Oui j'ai vu le mari du vétérinaire. C'est un odieux personnage. Non je n'ai pas besoin de voir un médecin. Vous semblez dubitatif ? Je suis un rat mort. Excusez-moi, vous n'auriez pas du beaufort monsieur l'Inspecteur ?

Jeanne

Jeanne Silberblick, rappelez-vous. Nous sommes le 22 février. Pouvez-vous nous parler de ce jour-là ?

Il faisait assez beau, j'étais en avance. Je me suis assise sur un banc de l'autre côté de la rue en prenant soin de tourner le dos à l'immeuble pour ne pas voir sortir la personne qui m'avait précédée. A 13, je me lève, à 15, je compose le code et j'entre : première porte, celle de l'immeuble. Je me trouve face à l'interphone qu'une vieille dame scrutait en ronchonnant : « Pourquoi ma sœur ne répond-elle jamais ? » Sort alors la gardienne d'une loge invisible qui dit : « Vous savez bien qu'elle n'entend pas, je vais vous ouvrir. » J'assiste à tout ça, obsédée par les minutes : 16, 17. Les deux femmes me proposent de me laisser entrer. Très gênée, je remercie en refusant. Je refuse en remerciant. Elles se regardent et comprennent peut-être. Je ne sais pas. Enfin l'interphone est libre, je sonne donc. Il me dit : « Je vous ouvre », un déclic me signale en effet que je peux entrer et aussitôt après il ouvre la porte de l'appartement, puis celle de son bureau. Je suis assise face à lui.

Il laisse le silence prendre la parole le premier. Silence lourd. De tout ce qu'on ne dit pas, de tout ce qu'on rêverait de dire.

Il attend que j'ose, que je parle. Je le sens déterminé et capable d'attendre quarante-cinq minutes. Alors je me lance.

« Je paye.

— Que payez-vous ?

— Un crime commis dans une autre vie.

— Quel genre de crime ?

— Un crime contre l'humanité.

— …

— J'ai au moins été Adolphe Eichmann.

— …

— Un jour mon père a cessé de rire, de se mettre en colère, cessé de faire l'amour et des calembours. Pourquoi me l'aurait-on pris si je n'avais pas commis le crime le plus atroce de l'Histoire ?

— On ? »

J'ai honte à cet instant d'avoir prononcé ce nom, alors avant la fin de la séance je lui demande l'autorisation de partir. Il me demande pourquoi je veux partir. Je bafouille. A cet instant, j'ai quinze ans, ou douze. Il est l'autorité. Mon père, un professeur, le proviseur. Peu importe le visage.

Il répète sa question, calmement. Il est glacial comme le silence qui suit ce « on » que je ne nomme pas. Ce jour-là, il portait un complet en velours beige, j'ai regardé les lacets de ses chaussures pendant une grande partie de la séance. Chaussures marron, raffinées.

Une séance parmi d'autres. Pourtant en fonction des personnages que j'appelle à ma mémoire, le lieu prend une autre couleur. La pièce paraît grande ou étriquée selon que j'évoque l'un ou l'autre souvenir. Nous avons fixé un autre rendez-vous, le surlendemain. J'ai ramassé mon manteau.

Je l'ai payé.

Il m'a raccompagnée. A ouvert la première porte, puis la deuxième. Les deux dernières m'appartiennent. Dehors, j'ai respiré. Respiré longtemps. Il faudra que je pense à respirer chez lui.

C'est ce jour-là que je l'ai suivi pour la première fois. Je sais que ça ne sert à rien, mais je n'ai pas pu m'en empêcher. Je voulais voir à quoi ressemblait sa femme, savoir où il habitait.

Je veux avoir accès à ce qui m'est interdit. A vie je serai passagère clandestine dans la vie des hommes que j'investirai de cette image-là. Je me suis cachée pour observer.

Il était en voiture, moi aussi. Puis il est rentré dans un parking privé, je n'ai donc pas pu le suivre. Je me suis garée face à son immeuble, et j'ai regardé à quel étage la lumière s'allumait. J'en ai déduit qu'il habitait au dernier étage de cet immeuble cossu du boulevard en question. Un peu plus tard, il m'a semblé apercevoir une femme sortir de l'immeuble dans la nuit. Je crois qu'elle portait un minuscule couffin. Je suis restée là plusieurs heures, espérant peut-être qu'il allait descendre et me dire :

« Allons, monte. »

Je suis ensuite rentrée chez moi. Mes enfants dormaient. Mon mari s'inquiétait. Et l'inquiétude le rend agressif :

« Mais tu as vu l'heure ? Tu pourrais prévenir ! J'étais fou d'inquiétude ! Tu as quel âge ma pauvre fille ?

— Tu me fatigues. »

Je ne pense qu'à lui, à ce nouveau visage que je viens d'élire pour remplacer celui dont les vers se gavent depuis plus de trente ans. Je vois la silhouette de sa femme. Sait-elle que son mari par la grâce du silence qu'il impose permet l'illusion d'une résurrection ? Et la chaleur au bas du ventre qui accompagne le mirage.

Mon père a mille visages, je n'en renie aucun. J'en ai embrassé certains, j'ai à peine osé poser les yeux sur d'autres.

Dans mon lit, il n'y a pas de place pour deux hommes. Il faudra que je me débarrasse de l'un des deux. Le plus simple est de supprimer le vivant. L'expérience m'a appris que les morts ne se laissent pas enterrer comme ça !

Jacques est allé dormir avec notre fils aîné. Celui dont la chambre servira plus tard de chambre d'amis.

— Voilà. Je ne vois pas ce que je peux ajouter de plus.

Séance du 24 février

Il est 20 heures. Séance difficile aujourd'hui avec ma dernière patiente (quel est son prénom déjà ?). Fermée comme une huître. Elle m'a dit avoir avec la libido d'un bulot post-ménopausé. Je lui ai demandé à quoi elle associait les bulots. Elle m'a regardé, amusée de ce qu'elle allait me dire, et m'a répondu : « A un sancerre frais. » J'ai pris mon air glacial, j'ai une palette assez restreinte d'émotions à la disposition de mes patients, palette qui part du froid et se termine au glacial. L'empathie ne doit pas passer par la chaleur. Il faut ouvrir entre eux et moi un autre canal. Il faut que la relation qui s'instaure soit différente de tout ce qu'ils ont pu connaître. Je suis tour à tour père, mère, amant, mari, femme, maîtresse, fils, fille, employeur sadique, employé soumis (ou l'inverse !), alors si en plus de la difficulté d'endosser tous ces rôles il fallait que je sois virtuose dans l'expression des émotions, je ne m'en sortirais pas ! J'ai donc pris mon air glacial en feignant ne pas avoir entendu sa réponse impertinente. Je lui ai répété : « Les bulots, qu'est-ce qui vous vient à l'esprit quand vous évoquez les bulots ? »

Aujourd'hui elle n'est pas calme, elle est lymphatique. Elle n'a pas que la libido du bulot, elle en a aussi la joie de vivre et l'entrain. Le carnet beige, le portefeuille turquoise, les cent euros. Au revoir, à vendredi. Oui à vendredi.

Ouf. Elle est partie. Il y a bien encore ce parfum ambré et sa voix qui résonne dans mon bureau. C'est étonnant les voix. Quand je passe d'un patient à l'autre, il y a une espèce de cacophonie. Comme des notes qui se chevauchent, la première ne s'étant pas éteinte quand la suivante commence.

Oui elle est partie et moi je donnerais toutes leurs névroses pour partager un plateau de fruits de mer. Mais je vais pourtant rentrer seul. Cécile ne m'aura pas attendu. Tant pis. Je prends ma voiture, mets la radio. Cherche une station sans paroles. Juste de la musique. Les mots, j'en ai plein le dos. Voilà… Le duo Barbara-Moustaki. Parfait. C'est beau la voix d'une femme. Pourquoi mes patients ne chantent-ils pas au lieu de parler ? Ce serait peut-être moins pénible. Je me gare dans mon parking. L'ascenseur devait être tout en haut, je l'attends. Finalement il arrive. Mécaniquement, je dis : « Entrez. »

Je jette mes clefs sur le coffre, mon pardessus sur les clefs. Toute la retenue, toute la réserve dont je dois faire preuve devant *eux* m'épuise. Chez moi, ici, je me laisse aller. J'envoie valdinguer mes chaussures à lacets (sans défaire les lacets, c'est ça qui est bon), je m'affale sur mon vieux fauteuil complaisant et je me sers un verre. Cécile est sûrement là, silencieuse et tapie, murée entre un fantasme inassouvi et un souvenir dont elle cherche à se défaire. J'allume la télévision. Au diable les journaux. Mon portable vibre. Je regarde le nom qui s'affiche : ma mère. Je ne réponds pas. Je ne supporte pas qu'elle me plaigne comme quand je tombais en patins à roulettes. « Mon amour, mon tout-petit, ne pleure pas, maman va te mettre du mercurochrome. » Oui mais là maman, je ne suis pas tombé, je n'ai pas les genoux écorchés. Ce soir, je vais sauver Cécile en lui rendant sa liberté.

Je ne mets pas la table. La femme de ménage me laisse chaque jour une assiette savamment enveloppée de cellophane. Ce soir au menu jambon, cornichons, pommes de terre en salade. Et une bouteille d'eau minérale bien en évidence. Tentative peu subtile de me dire : « Doucement sur le vin. »

Je prends l'assiette, sors un verre à eau et une bouteille de rouge. Une façon pour moi d'aller dans son sens. Le contenant, c'est déjà ça. Je m'installe devant la télé. Seul avec mon jambon. Je vais d'une chaîne à l'autre. Je cherche un épisode de Columbo. Mais non. Un programme de télé-achat me propose d'acheter à crédit un appareil de musculation. Ken (le mari de Barbie) fait une démonstration convaincante. Je l'observe. Il ne parle pas. Une voix off commente ses gestes et son sourire induit la simplicité d'usage de la machine dont il est question. Il est beau, Ken. Son corps luit sous l'effort et ses dents sont blanches comme le napperon au crochet que m'a offert Prune pour mes cinquante-trois ans.

Je m'éteins doucement. Pendant que Ken continue à se muscler et à sourire, moi, je m'endors. Epuisé d'avoir tant écouté et en dépit des apparences d'avoir tant donné, d'avoir tant lutté pour que (re)viennent enfin dans un murmure parfois, dans un souffle souvent, des images qu'on invite et qu'on ne convoque surtout pas.

Aux forceps, je vais chercher les associations. Et le soir, je m'écroule.

Il me semble que Ken s'adresse à moi.

« Tu n'as pas l'air dans ton assiette.

— Tu as raison. Je dîne tout seul, je bois tout seul, je dors tout seul, je jouis tout seul.

— Alors, qu'attends-tu, change de vie ! (Ken se met à chanter :) “Résiste ! Prouve que tu existes…”

— Non ! Alors écoute, tu es meilleur en musculation qu'en France Gall !

— Tu préfères : “Laisse-moi devenir l'ombre de ton ombre, l'ombre de ta main, l'ombre de ton chien” ?

— Non. Je préfère que tu me vendes ton appareil de musculation et que tu te taises. »

Il s'est alors épongé le visage. A vérifié dans son petit miroir de poche la blancheur de ses dents. Satisfait du reflet, il a repris ses haltères, bien décidé à ne plus se mêler de ma vie de type déprimé et déprimant, avachi sur son canapé avec sa bouteille de vin et sa tranche de jambon.

« Dis-moi l'athlète, un coup d'haltère derrière la tête, ça vous tue un homme, non ?

— C'est à moi que tu parles ?

— Tu vois quelqu'un d'autre ici ?

— Pourquoi cette question ? Tu veux tuer quelqu'un ?

— Oui.

— Je t'arrête tout de suite. Je suis un ancien sportif qui cachetonne à la télévision, je n'ai rien d'un assassin.

— Je ne te parle pas de toi. Mais moi, si j'achetais les haltères que tu essayes de me vendre depuis une heure, je pourrais m'en servir pour tuer quelqu'un ? »

Ken me demande alors :

« Mais toi, que fais-tu dans la vie ?

— Je suis psychanalyste.

— Tu as échoué avec un patient, et tu veux l'aider à se suicider ?

— D'abord, ce n'est pas moi qui échoue mais eux. Ensuite ça ne te regarde pas.

— Ça ne me regarde pas ? Tu fais de moi ton complice et ça ne me regarde pas ?

— Ne t'énerve pas. Je veux tuer ma femme.

— Tu es marié ?

— T'as tous tes neurones dans les muscles, dis-moi ! A ton avis, si je veux tuer ma femme, c'est que je suis veuf ? »

Ken me dit que tout va s'arranger et cherche comme il peut à me dissuader de faire une chose pareille.

« Elle a un amant ?

— Un amant ? Non mais tu es dingue ! Qui voudrait d'elle ?

— Que lui reproches-tu alors ?

— Je suis en train de ne plus l'aimer, c'est tout. Je préfère la tuer avant de la détester.

— Et elle, elle t'aime encore ?

— Mais bien sûr que non. Elle n'aime que les animaux dont tout le monde cherche à se débarrasser. Elle est vétérinaire, elle opère des rats, des furets. Je la soupçonne même de donner de la vitamine C aux cafards après les interventions annuelles des équipes de désinsectisation. »

Ken s'approche. Il passe un peignoir pour ne pas prendre froid et vient s'asseoir tout près de la caméra.

« Ecoute, tu sais qu'il y a une alternative au meurtre quand on n'aime plus son conjoint ?

— Ah oui, laquelle ?

— Le divorce. Simplement le divorce.

— Le divorce ? Mais tu n'y penses pas ! Je suis un catholique pratiquant, moi. On ne divorce pas chez nous. Le mariage est un sacrement, comme le baptême ou l'extrême-onction. On ne badine pas avec les sacrements. Tu n'as donc aucune morale, aucune valeur ? »

Je vois bien que Ken me prend pour un dingue. Il recule lentement, se rassied sur son banc de musculation, reprend sa démonstration. Et sourit, sourit toujours.

« Tu sais que tu me fais penser à Ken, le mari débile de cette idiote de Barbie ?

— …

— L'air heureux du type dont la femme est belle, blonde, grande, élégante, et muette.

— …

— Eh ! C'est toi qui as commencé la conversation ! »

Il a repris ses exercices en prenant soin de regarder la caméra. Dans mon rêve je suis conscient que j'ai eu de la chance, j'aurais pu tomber sur un épisode de Columbo. Et Columbo, il ne m'aurait pas lâché comme ça.

J'imagine le dialogue :

> « Bonsoir monsieur. Vous aimez les maquettes de bateaux ? Moi aussi. Mais ma femme dit que ça encombre et que ça prend la poussière, alors… Je peux m'asseoir ? Vous ne dormiez plus avec

votre femme depuis longtemps ? Ne m'en veuillez pas d'être indiscret… »

L'athlète est toujours sur son banc de musculation, une serviette-éponge autour de la nuque. J'ai dû m'assoupir et rêver que Ken me parlait. Il est temps que j'aille me coucher. Dans mon lit, il y a toujours deux oreillers. Je m'endors seul.

Cécile a investi désormais la chambre d'amis. Un humoriste (pardon, je n'ai pas la mémoire des noms) a dit quelque chose comme « J'ai les chambres, mais pas les amis ».

Je m'endors seul. Heureux pour le sommeil de Cécile : j'ai fait en sorte qu'il ne soit plus jamais troublé.

Cette nuit, je n'ai pas rêvé. Mon analyste devra se contenter du récit clinique, sans les aménagements qui donnent aux songes le soin d'enjoliver ou d'achever la réalité. La nuit est épaisse et lourde.

Elle me manquait depuis si longtemps. Ce que je viens de faire ne changera rien. Sa mémoire se rappellera à mon bon souvenir et je l'embrasserai là. Oui, là. Nous ne faisions plus l'amour mais son souffle me rassurait. Et le matin, il lui arrivait d'être tendre, de caler ses reins contre mon ventre. Si seulement, je pouvais appuyer sur la touche qui rembobine. Mais non, c'est impossible. Dans quelques heures, la chaleur de sa peau ne sera plus qu'un souvenir.

Mais je crois que je préfère les souvenirs. Les souvenirs, on peut leur faire dire ce qu'ils n'ont même jamais pensé.

Clémentine

Madame Martin, êtes-vous allée travailler le 24 février ?

Bien sûr, comme tous les jours sauf le week-end. Mais monsieur Martin vous aurait dit que depuis un certain temps je suis toujours heureuse de quitter cette maison. J'arrive en début d'après-midi, je repars quatre heures après. Je travaille chez eux depuis plus de vingt ans. Mon mari résumait la situation en disant : « T'as pris perpète ma vieille ! » Quand les enfants étaient petits, je venais le matin, j'allais les chercher à l'école, je les faisais déjeuner. Trois petits anges. Monsieur Martin et moi on ne pouvait pas avoir d'enfants, alors je les considérais un peu comme les miens.

Surtout le dernier. Je voyais peu les parents. Elle rentrait en toute fin d'après-midi, et lui plus tard. Je ne le croisais presque jamais. « Tant mieux, disait ma moitié, ton patron, il a une tête de psychopathe. »

Madame était très jolie, heureuse, fière de ses enfants, passionnée par son métier (elle est vétérinaire), « ça c'est un métier utile au moins » répétait mon époux. Elégante et douce, respectueuse et reconnaissante. Quand elle rentrait à la maison, les trois enfants se jetaient sur elle comme s'ils ne l'avaient pas vue depuis une semaine. Elle rapportait toujours des histoires d'animaux. Elle faisait travailler son piano à l'une, son latin à l'autre. Elle trouvait encore le temps d'aider le petit à construire des fusées en Lego. Mon mari disait : « Le psychopathe, il mérite pas une femme comme ça. C'est de la confiture aux cochons ! » Nous échangions quelques mots (Les enfants ont été sages ? Avez-vous pu apporter ma robe rouge au pressing ? Comment va votre chien, les gouttes ont-elles été efficaces ?), elle arrivait, je partais. Elle me remerciait chaque soir. Monsieur Martin me faisait justement remarquer : « Rares sont les patrons qui remercient. Ils pensent en général que le salaire suffit et qu'il n'est pas nécessaire de joindre la parole au geste. »

Lui, je ne le voyais qu'une demi-journée par semaine. « C'est bien assez », disait mon homme. Il restait à la maison le jeudi matin. Il s'enfermait dans son bureau et ne supportait pas d'être dérangé. Interdit de passer l'aspirateur. « C'est pratique pour une femme de ménage », s'énervait mon conjoint. Quand les enfants rentraient déjeuner, ils savaient que leur père était là. Ils n'allaient pas lui dire bonjour. Il travaillait. « Et moi, je travaille pas ? Je me la coule douce à Saint-Tropez ? J'aimerais bien qu'on me respecte moi aussi ! », disait avec une pointe d'amertume monsieur Martin.

Je connaissais mieux son linge que je ne le connaissais lui. « Ça c'est pareil chez nous ! », ne manquait pas de souligner mon mari.

J'ai compris qu'il ignorait mon prénom le jour où il m'a laissé un mot sur la table de la cuisine me demandant de repasser sa chemise de smoking. Ce mot, je l'ai gardé longtemps dans mon sac : « Prune, merci de repasser soigneusement ma chemise de smoking. »

Cela devait faire dix ans que je travaillais pour eux, il savait que mon prénom était un nom de fruit. Il a tenté Prune. « Et pourquoi pas Poire ou Abricot tant qu'il y est ? », s'énervait mon amoureux.

Les enfants ont grandi, les parents ont vieilli (moi aussi !). « Mais non, pas tant que ça, regarde les vieilles stars toutes refaites, toi au moins je te reconnais quand tu rentres à la maison », me rassurait monsieur Martin.

Nous avons convenu avec Madame qu'un mi-temps était désormais suffisant. Je ne le voyais plus du tout. Seul son linge m'indiquait qu'il vivait toujours ici. « Eh comment je vais me payer mes vacances aux Salins de Giraud, si tu n'as plus qu'une moitié de salaire ? », me demandait monsieur Martin.

L'avant-veille, le 22 je crois, j'avais remarqué que le lit de la chambre d'amis avait servi. « Ça sent la soupe à la grimace », aurait dit mon époux (oui il est mort il y a deux ans). Quelqu'un avait dormi là. Cette chambre était celle de l'aîné de leurs enfants. Réaménagée bien sûr. Des gravures avaient remplacé les posters, un fauteuil confortable avait pris la place du pouf rempli de petites boules de polystyrène.

Le lit de leur chambre était défait aussi, mais d'un seul côté. Celui de Monsieur. Sur sa table de nuit, ses lunettes, des journaux, un livre, une bouteille d'eau. Les objets de l'autre table de nuit avaient été transportés dans la chambre d'amis. Des lunettes, un magazine, trois livres, le petit transistor dont elle ne peut se passer et son flacon vert rempli de comprimés. Le vert est bien la couleur de l'espoir ? Là, mon homme aurait pensé : « Pour se remonter le moral, il vaut mieux un bon coup de blanc qu'un petit cachet ! » Je peux vous dire que question coup de blanc, il savait de quoi il parlait !

J'ai eu un choc. En vingt ans, ils n'avaient jamais fait chambre à part. J'ai retapé les lits, changé les draps de la chambre d'amis comme pour les inciter à rendre à la pièce sa fonction. C'est une chambre où l'on passe. Pas une chambre où l'on s'installe.

Le lendemain, le 23 donc, les deux chambres avaient été utilisées. Et ce fameux jour aussi, le 24. Monsieur Martin aurait dit : « C'est qu'il faut être riche pour se disputer ! Parce que moi, j'ai beau chercher la chambre d'amis chez nous, je ne vois que la cuisine ! » J'ai pensé alors que la situation était irréversible. Bien sûr, je ne les vois pas vivre, je ne les entends pas se parler. Mais cela faisait un moment déjà que Madame avait cessé de faire les courses. Je ne sais pas où elle dînait. Je ne sais pas si elle dînait. Je trouvais souvent des boîtes de biscuits apéritifs sur la table basse du salon, un verre, un seul, et une bouteille vide. Vin rouge, porto. « Il est peut-être pas tout à fait mauvais cet homme-là », n'aurait pas manqué de dire celui qui me manque tant aujourd'hui. Je savais que ce ne pouvait être elle qui se nourrissait de cette façon. Elle ne buvait pratiquement pas d'alcool. Et puis si elle avait un peu grossi ces derniers temps, elle prenait pourtant soin de sa ligne. Après un certain âge, nous changeons. Il faut sans cesse s'adapter. De la puberté à la ménopause. Le temps de s'habituer à une silhouette, à un visage, c'est une autre qui nous regarde dans le miroir. Il faut alors refaire connaissance, s'apprivoiser. « Arrête de lire tes magazines ! », aurait vociféré monsieur Martin.

J'ai compris il y a longtemps que sans quitter la maison, elle l'avait abandonnée. C'est alors que j'ai pris la décision de laisser à Monsieur chaque soir une assiette. « Tu es trop bonne », aurait grogné mon jules.

Je pose sur la table de la cuisine une bouteille d'eau, pour lui signifier que le vin est peut-être responsable de la désertion de sa femme du lit conjugal. « Dis donc ça t'a jamais fait fuir, toi, que j'ai un coup dans l'aile, t'en aurais même profité ma coquine ! », m'aurait rappelé monsieur Martin.

Le jour en question, le 24, j'ai constaté qu'un verrou avait été posé à l'extérieur de la chambre d'amis. Pour que je n'entre pas ou bien plutôt pour que Madame n'ait plus la possibilité de faire chambre à part.

Il avait condamné la chambre d'amis.

« Là j'aurais fait comme le psychopathe », aurait très probablement affirmé mon mari.

Connaissant Madame, je me suis dit qu'elle quitterait la maison. Que ce n'était pas un verrou qui la ramènerait dans le lit de son mari.

Je ne sais pas exactement ce qu'il fait dans la vie. Je sais qu'il est psyquelquechose.

Mais ce n'est pas un gage d'équilibre, loin de là. « Ah ça je te l'aurais dit pendant au moins vingt ans », ne se serait pas privé de me rappeler qui vous savez. Comme je ne pouvais plus rentrer dans cette chambre moi non plus, une drôle de pensée m'a traversé l'esprit : « Et si Madame était morte, là derrière cette porte ? » J'en ai parlé à l'urne de feu mon homme, le seul, l'unique. En me penchant vers le vase noir décoré de ses initiales, j'ai cru entendre : « Ma vieille, pendant que tu fais ton crochet tu ferais mieux d'arrêter de regarder les séries américaines à la télé ! »

J'ai été très soulagée quand j'ai trouvé ce jour-là un mot de Monsieur dans la cuisine.

Je l'ai gardé dans mon sac, tenez : « Prune, nous sommes partis en vacances, ma femme et moi, inutile de venir pendant notre absence. Je vous appelle dès notre retour. »

— Non, ce n'était pas inimaginable. Je viens de vous dire que j'y ai pensé. Jamais je n'ai envisagé qu'il avait voulu m'éloigner de la maison.

Jeanne

Jeanne Silberblick, reprenons. Que s'est-il passé le soir du 24 février ?

Cette fois-ci, mon stratagème pour ne pas croiser le patient qui m'avait précédée n'a pas marché. J'ai vu sortir de l'immeuble un homme sans âge. Il pouvait bien sûr n'être qu'un locataire, mais je savais d'où il venait. A son air perdu, à son regard. Je l'ai vu se diriger vers le bistrot du coin de la rue.

Ce jour-là mon interlocuteur avait l'air fatigué. J'ai failli lui faire part de mon inquiétude, mais je n'ai pas osé. Comme toujours, j'ai regardé ses chaussures. Mocassins bleu marine. Nous avons parlé fruits de mer. J'aurais adoré qu'il m'invite à dîner. A La Lorraine, tous les deux. Nous aurions parlé de lui. Je l'aurais écouté. Pourquoi fait-il ce métier ? Une fracture intime est-elle nécessaire pour guérir ceux qui souffrent ? Et si lui aussi vivait avec un fantôme ? Et s'il était mort et n'était qu'une illusion qui s'anime pour moi seule ? Je ne connais pas sa voix. Je ne connais que son timbre.

Il était glacial, bien plus froid qu'un sancerre à bonne température.

« Je ne peux pas tuer un mort ?

— Non, mais vous pouvez apprendre à lui rendre sa place. »

Je n'étais pas très en forme non plus. Je voulais garder le secret. Ne pas lui dire que j'avais décidé de libérer mon mari. Je voulais lui faire la surprise. Arriver un jour et lui dire :

« Voilà ! C'est fait, la place est nette. »

Je n'avais pas du tout envie de lui raconter ce rêve que j'avais fait deux nuits de suite. Il insiste.

« Vous n'aurez accès à ce que vous ignorez qu'en donnant aux rêves l'importance qu'ils ont. Notre travail dépend d'eux. Et eux dépendent de vous. Non le contraire.

— Je ne peux pas.
— Pourquoi ?
— Je ne peux pas. »

Comment lui avouer que je l'ai vu entrer dans une chambre et ne pas en ressortir ? Sous la porte du sang. La scène ressemblait à l'un des mauvais films d'horreur que je regardais adolescente pour me faire peur.

Voyant qu'il n'obtiendrait rien sur ce terrain-là, il a hoché la tête d'un air entendu, une façon de rythmer mon silence. Je l'observe sans relâche. Je cherche à comprendre pourquoi je vois mon père là où il y a un homme que je ne connais pas.

Comme l'autre jour, je l'ai *accompagné*. Il est rentré chez lui. Je l'ai aperçu derrière un rideau fin. Il était seul. La première fois que je l'ai suivi, il m'a semblé avoir vu une autre silhouette dans l'appartement. Mais ce jour-là, il était seul. Ou peut-être était-elle déjà couchée ? Pourquoi serait-il marié ? Je n'ai attendu que deux heures cette fois-ci.

Je suis rentrée chez moi, rêvant que je rentrais chez lui. Qui lui ? J'ai laissé venir le fantasme. Je n'ai pas cherché à le repousser.

J'ai laissé entrer la vie là. Là d'où elle sort quand on la donne. Le plaisir éprouvé ce jour-là me hantera longtemps. S'il y a des maisons closes au Paradis, je ferais une pensionnaire parfaite. Jouir grâce à des fantômes, c'est un don ça !

Doucement j'ai ouvert la porte de chez moi. Epuisée d'avoir été vivante. Joyeuse d'être encore capable de l'être.

Mon mari m'avait laissé un mot : « Les enfants sont chez ma mère. Ton dîner est sur la table basse. Je ne peux plus t'attendre si tard. Il faut que nous parlions. Je dors dans le lit de notre fils. »

Je me suis déshabillée. J'ai fait couler un bain. J'ai gardé longtemps la tête sous l'eau, comme quand j'étais petite. J'aimais imaginer que quelqu'un allait entrer et croire que je m'étais noyée.

Personne ne venait jamais, je me suis toujours relevée à temps.

Ce soir pour la première fois depuis très longtemps, j'ai faim. Faim d'être veuve. La porte de la chambre du petit est fermée, mon mari dort là où se couche chaque soir le fruit de notre amour.

Mon mari est un saint homme. Ainsi le définissent tous ceux qui le connaissent. Dévoué à son prochain jusqu'à l'absurde, faisant la quête le dimanche matin pour tous les désespérés. Les aveugles, les lépreux, les victimes des tremblements de terre, les vieux abandonnés, les jeunes isolés... Tout est prétexte à charité. Même les animaux. Un jour, porte Maillot, on verra peut-être un loden agiter une sébile : « Pour les ours des Pyrénées menacés de la lèpre après les ravages du tsunami. »

Mon mari est un saint homme car il vit avec moi alors que moi je ne vis pas avec lui.

Je regarde cette porte fermée. La porte de la chambre qui un jour sera dévolue aux amis.

J'ai mis ce pyjama trop grand. Un pyjama déserté par mon corps, et je me suis couchée seule avec mes fantômes, pensant avec gourmandise à toutes les ombres qu'à mon tour je pourrais faire jouir si le Paradis existait. Et puis j'ai appelé *son* visage à ma mémoire et je me suis endormie, rassurée de n'avoir vu chez lui aucune autre ombre que la sienne.

— Oui je sais, j'ai été ce jour-là sa dernière patiente. Il était fatigué, préoccupé. Mais il n'a jamais l'air complètement détendu. Je crois que je ne l'ai jamais vu sourire. Un jour je lui ai même demandé s'il avait des dents ! Mais non, c'est impossible, il n'a pas pu tuer sa femme. Mais c'est vrai, il l'a tuée ? Si j'avais su…

Séance du 26 février

20 heures. Je n'avais pas envie qu'elle parte. Pas envie qu'elle remette son manteau, pas envie qu'elle sorte son carnet beige, et surtout pas envie qu'elle me paye. Ce soir, j'ai eu envie de la prendre dans mes bras. Avec ce sourire désarmant, dont je pourrais rêver si je rêvais, elle m'a demandé :

« Vous m'aimez bien ?

— Avez-vous peur que je vous aime mal ? »

Elle a souri. Pauvre petit rictus qui vient à son secours quand elle est au bord des larmes. Je me suis détesté. Je crevais d'envie de lui dire : « Mais bien sûr que je vous aime bien, et un peu plus. Que croyez-vous ? Que le transfert est une route à sens unique ? »

Mais non, je suis resté froid. Elle était très tendue. Aujourd'hui, son fils a neuf ans. Neuf ans c'est l'âge qu'elle avait quand son père est mort. Je la regarde, elle ne le sait pas. Elle a de jolis yeux, une jolie peau, une bouche qui pourra peut-être un jour servir à autre chose qu'à parler. Mais elle n'est pas désirable. Elle pourrait l'être. Me vient l'image de Cécile. Je la repousse, bien sûr. Mais elle me manque. Je sais aussi que la Cécile qui me manque n'est pas celle que j'ai tuée. Après tout, je lui ai épargné bien des souffrances en la tuant avant de la détester.

Ce soir j'ai accepté une invitation à dîner. Je pense à ma dernière patiente, et je me dis : « Putain de métier ! Je lui aurais bien proposé de prendre un verre… » Mais non, elle a franchi les quatre portes. Avec une manie qui frôle la provocation : entre la première et la deuxième porte, elle sort ses cheveux de son manteau. Cheveux qu'elle n'a pas particulièrement jolis d'ailleurs. Mais je ne peux pas m'empêcher juste avant de lui serrer la main de les regarder. Ils sont bruns, fins et longs. Entre deux portes, elle est à moi. Avant elle est à elle-même, je ne suis qu'un vecteur. Après elle retourne à sa vie, un mari, des enfants.

Ce soir donc, je sors. Mon meilleur ami m'a téléphoné :

« Venez dîner à la maison vendredi soir, Cécile et toi. Hélène sera heureuse de vous voir. »

Je me suis entendu penser : « Vendredi, c'est shabbat… » Je déraille. Je me revois en premier communiant modèle, bible à la main, crucifix en bois autour du cou, aube immaculée et perspective de ma première montre. Je déraille. Je revois notre mariage à l'église, et le catéchisme que j'imposais à nos enfants. Je déraille. Je pense aux bougies qu'elle allumera ce soir, à la prière qu'elle dira. Je déraille. Dit-elle un psaume pour moi de temps en temps ? Je déraille.

Je l'ai remercié. Je lui ai dit que je serai seul. Qu'avec Cécile nous avions besoin de réfléchir, que chacun pour le moment s'arrangeait pour ne pas croiser l'autre.

« Te revoilà célibataire ? J'ai peut-être une idée ! »

Je prends ma voiture, mets la radio. Cette fois-ci je tombe sur l'interview d'une jeune actrice. Je l'écoute et relève les fautes de français. Je prends les extérieurs. Pas envie de traverser Paris. Je me gare sans difficulté. Pierre et Hélène avaient invité trois autres amis : un couple et une femme seule. Je connaissais tout le monde à l'exception de la femme. A l'évidence, pas de hasard dans ce casting ! Hélène m'accueille avec chaleur et bienveillance : « Pose ton manteau. Viens te réchauffer, Pierre a fait du feu. Tu es au blanc je crois ? »

Je m'assieds, je m'enfonce serait plus juste, dans un Chesterfield qui ne demande que ça. Pierre débouche un corton-charlemagne (cet homme vendrait les yeux de sa femme pour un grand millésime). Hélène me présente :

« Tu connais Eléonore ?

— Je n'ai pas cette chance ! (réplique sottement convenue)

— Eléonore, je te présente le plus vieil ami de Pierre, un psychanalyste redoutable !

— Allons, Hélène tu me flattes ! »

Eléonore est plutôt jolie. Elle sort un paquet de Winston et me regarde.

« Vous fumez ?

— Non. »

Fais un effort de conversation mon vieux ! Ils sont derrière toi tes malmenés, les quatre portes sont fermées. Tu n'existes pour eux que dans ce petit bureau. Sitôt partis, ils t'inventent c'est vrai, mais surtout, ils rêvent de ne pas avoir eu besoin de toi. Sais-tu que tu as le visage de leur échec ? Sais-tu que tu es leur mort, leur divorce, leur drame le plus intime, un viol peut-être, un coup de ceinture récurrent ?

« Et la fumée vous dérange ?

— Non. »

Bon, lorsque nous passerons à table, je ferai un effort. Mais là, impossible. Je pense à Cécile, à ce meurtre. J'ai appris de mes patients qu'il y a mille façons de tuer quelqu'un. De l'indifférence à la haine, façon Signoret-Gabin dans *Le Chat*. Du mépris au désintérêt du corps de l'autre. Je l'ai tuée, souvent. Mais avec quelle arme ? Drame sur fond de Cluedo : le colonel Moutarde a tué dans la bibliothèque. Clé anglaise ou chandelier ? Poignard ou revolver ? Absence de regard, ou désertion du désir ?

« Donc vous êtes psychanalyste ?

— Heu… Oui.

— Et combien de temps dure une analyse ?

— Le temps qu'il faut. »

Hélène en bonne maîtresse de maison, voyant que je n'étais pas d'humeur mondaine, a lancé son célèbre : « Y a-t-il des amateurs de chevreuil ? Pierre en a tiré un la semaine dernière en Sologne. Je vous ai mitonné un civet dont j'ai le secret. »

La Sologne, Pierre, le civet de chevreuil, la bonne éducation, la table parfaitement dressée, décorée mais à peine. Suffisamment tout de même pour que chacun dise : « Hélène, tu sais recevoir. »

Eléonore est décoratrice d'intérieur. « Comme moi », lui ai-je dit. Chacun a cru bon de sourire à ce qui était une tentative de bon mot.

Je regarde Eléonore qui attend peut-être que je lui propose de la raccompagner. Je regarde ses jambes, qu'elle a délicates, ses mains, soignées, sa taille fine et travaillée. Son visage est régulier. Et le tout est sans génie. Je pense à Cécile au temps de sa splendeur, à ma dernière patiente, adolescente de quarante ans sonnés, et je m'entends dire à Eléonore : « Voulez-vous qu'on aille chez moi, ou chez vous ? » Hélène a pris un air gêné, Pierre m'a regardé sans indulgence. Eléonore n'a rien dit.

Et là, j'ai ajouté : « On peut aussi se contenter d'une gâterie rapide dans ma voiture. »

Eléonore s'est levée précipitamment, Hélène l'a suivie à petits pas rapides, et Pierre m'a conseillé d'aller consulter.

Je suis rentré chez moi, seul avec son ombre. Mortes ou vivantes, qu'elles vous précèdent ou qu'elles vous suivent, les ombres cherchent à prendre votre place sur le trottoir.

Les clefs de Cécile étaient sur le coffre et son manteau de fausse fourrure accroché. Le courrier du jour n'était pas décacheté. Elle était bien là. Je ne vois pas comment elle se serait enfuie ! Je pouvais entrer dans la chambre d'amis et refaire le geste, avec une variante : l'étrangler ou l'étouffer. Ou la tuer avec le hachoir dont elle se sert pour émincer les oignons. Je me suis forcé à visualiser la scène, comme on va chercher des images érogènes dans sa mémoire pour quelques secondes de plaisir solitaire. En un sens, j'ai joui. J'ai pu ensuite aller me coucher sans faire de bruit. De toute façon, je ne risquais plus de la réveiller.

Pierre

Monsieur de La Briance, vous avez reçu le prévenu le 26 février. Vous aviez organisé un dîner pour lui changer les idées. Est-ce exact ?

Quel cauchemar ce dîner ! Je ne le reconnais plus. Je comprends que Cécile ait eu envie de se tirer. Trente ans que nous étions amis. Nous avons fait médecine ensemble. J'ai choisi la chirurgie, il a choisi la psychiatrie. Nous ne nous sommes jamais perdus de vue. Je suis le parrain de son premier enfant, il est le parrain du mien. Cécile est la marraine de la seconde, Hélène la marraine de leur deuxième fils. Nous partions en vacances ensemble, en week-end. Les enfants avaient à peu près le même âge.

Moi, je suis devenu chirurgien esthétique. C'était entre nous un sujet de plaisanterie. Je retouchais essentiellement des seins, je gommais de temps en temps quelques poches sous les yeux, je rectifiais un nez, affinais des tailles ou des cuisses. Je peux dire sans exagérer que je suis obligé de refuser des patientes. J'ai la chance d'avoir une très belle clientèle et d'avoir opéré les plus jolies femmes de Paris. Je suis intervenu par exemple sur d'anciennes gloires du cinéma qui ne peuvent se résoudre à accepter les emplois qu'on leur offre aujourd'hui (*On me propose de jouer la mère de cette petite actrice infiniment moins jolie que moi au même âge, c'est scandaleux, n'est-ce pas docteur ?*) et une ou deux reines de la nuit… C'est du lifting de l'une d'elles qu'est venu mon surnom : « le Mozart du bistouri ».

De temps en temps un homme vient me demander d'atténuer une vilaine poche, ou même de le débarrasser de cette graisse accumulée pendant vingt ans de mariage (*Vous comprenez docteur, Eden, ma nouvelle compagne, m'aime tel que je suis, mais... Trente ans d'écart, que voulez-vous...).*

J'ai une passion, la chasse. Tous les week-ends, dans ma propriété de Sologne, dès que la chasse est ouverte, je m'en donne à cœur joie. Lui n'a jamais partagé ce hobby. Cécile passait sa vie à sauver des animaux (des animaux un peu marginaux, il faut le dire), elle l'avait convaincu que la chasse était comparable à la peine de mort, le procès en moins. Nous nous sommes souvent accrochés sur ce thème, mais toujours en riant de notre exaltation. Nous débouchions une bonne bouteille (j'ai une de ces caves !), et dégustions le malheureux condamné privé de justice.

Tout allait bien.

Il m'est arrivé quelquefois de lui adresser des patientes dont je pensais qu'une opération esthétique ne résoudrait pas le problème. En revanche, lui ne m'a jamais envoyé personne. Ce qui est normal ! De nouveaux seins n'ont jamais accéléré le travail de deuil ! Je crois pouvoir affirmer qu'il était mon meilleur ami.

Mais là je lui en veux. Il est allé trop loin. Avec moi, ce n'est pas grave, mais quand il s'en est pris à cette pauvre Eléonore, j'étais horrifié. Dans notre milieu, il y a des choses qu'on pense mais qu'on ne dit pas. Laissons la grossièreté aux gens qui n'ont pas eu la chance de recevoir une éducation.

Nous nous sommes cherchés sans humour, cette fois :

« Tu as perdu ton âme en voulant effacer le temps. Tu les prends pour Faust, et toi tu es le diable ! Tu exploites le mal-être de ces femmes dont tu nourris l'illusion qu'avec une poitrine de jeune fille, elles retrouveront leurs vingt ans et les espoirs qui vont avec.

— Parce que toi, tu n'es pas un marchand d'espoir peut-être ? Tu ressuscites pour quelques dizaines d'euros un père, un enfant, une mère. Tu composes le visage qu'ils attendent, tu fais le plus vieux métier du monde ! Et puis tu les renvoies à leur petite vie pleine de tristesse, d'ombres, de silence. Tu deviens leur unique obsession. Leurs échecs et leurs deuils ont une voix : la tienne. Mais s'ils ont envie de crever hors des horaires convenus, qu'ils crèvent. »

Il avait bu, et moi aussi.

Et puis il y a eu l'incident avec Eléonore… Il l'a fait fuir. Elle s'est intéressée à lui, à son métier. Il répondait à peine. Jusqu'au moment où il lui a proposé une gâterie dans sa voiture. Je n'ai jamais eu honte comme ce soir-là. D'ailleurs ce soir-là, j'ai perdu un ami. Il y a des limites.

Je suis allé retrouver Hélène dans la cuisine, j'étais catastrophé.

Eléonore est gentille et intelligente. Assez jolie (je suis bien placé pour le savoir, elle me doit ses pommettes, son nez et bientôt ses seins).

Quand nous avons appris Hélène et moi qu'il viendrait sans Cécile (ce qui ne nous a pas surpris, Cécile ayant récemment dit à Hélène qu'elle ne le supportait plus), nous avons pensé à Eléonore. Parfois une aventure a le mérite de remettre les choses à leur place.

Il a été vulgaire, obscène, blessant.

Je lui ai conseillé d'aller voir quelqu'un.

« Voir qui ?

— Je ne sais pas moi, un psy !

— Un psy ? Parce que tu penses que les psys sont des magiciens. Qu'il suffit de sonner à l'interphone et hop, bienvenue dans l'univers de Oui-Oui ! Et puis je ne suis pas malade. Je n'ai pas besoin d'aller déballer ma vie intime. Ne t'en fais pas, ça n'arrivera plus. Tout est rentré dans l'ordre entre Cécile et moi.

— Je te le souhaite mon vieux. Parce que là, tu as franchi la ligne jaune. »

Je l'ai raccompagné sans un mot. Je lui ai tendu son manteau. J'ai ouvert la porte et l'ai refermée derrière lui. Sans un mot.

Je me suis dit que je l'appellerais le lendemain ou le surlendemain pour annuler notre prochain week-end en Sologne. Je ne partage pas le gibier avec n'importe qui, moi !

Je me suis couché en me demandant comment tout serait rentré dans l'ordre. Cécile avait bien dit à Hélène qu'elle était déterminée à le quitter.

— Bien sûr que non, je n'ai pas pensé un seul instant à ça ! Il était préoccupé, mais nous le sommes tous ! Enlever une vilaine bosse sur un nez ou tenter de soigner une obsession, nos patients nous mettent sur le dos une sacrée responsabilité !

Je vous aurais appelé tout de suite, j'aurais fait quelque chose !

Hélène

Madame de La Briance, nous venons d'entendre votre mari, pouvez-vous nous donner votre version de cette soirée du 26 février ?

Oui, je peux, mais je vous préviens je suis encore sous le choc de ce que je viens d'apprendre. La soirée du 26… Oui.

Eléonore n'avait pas besoin de ça ! Elle se remet à peine d'un divorce, douloureux quoi qu'elle en dise. Son mari était un très grand concertiste, obsédé par sa carrière, délaissant femme (la sienne en tout cas) et enfants. Eléonore a supporté, supporté, supporté encore et un jour elle l'a demandé en divorce (selon sa propre expression). Entre deux concerts, il a accepté.

Eléonore et moi sommes devenues amies car j'ai fait appel à elle quand j'ai voulu réaménager notre appartement. Mon mari m'a incitée à prendre les conseils de quelqu'un. Il me dit toujours que je serais bien incapable de distinguer le bleu du jaune, la soie du lin. Eléonore, elle, a un goût très sûr tout en n'imposant jamais rien. Elle m'a impliquée dans le choix des tissus, je l'ai remerciée de me faire confiance. « Pierre n'en saura rien », me disait-elle complice. Nous avons décidé de supprimer une cheminée ici, d'ajouter une cloison là. A pas feutrés certes, mais pour la première fois je vivais dans mon appartement. Eléonore est entrée dans notre intimité, et nous l'avons accueillie avec bonheur. Elle était une source d'oxygène pour moi. Mon mari et la Sologne m'asphyxiaient tous les jours un peu plus. Evidemment Pierre n'a pas pu s'empêcher de regarder ses seins avec insistance. Ils ont passé un marché : « Tu me refais la salle de chasse, je te remonte les seins. » Marché conclu, a déclaré Eléonore amusée.

Nous l'invitons souvent en Sologne avec les enfants, et à Paris à déjeuner le dimanche ou à dîner, comme ça. J'ai toujours l'espoir qu'elle tombe amoureuse de nouveau. Mais elle prétend, peut-être est-ce vrai, qu'elle vit mieux sans homme. Moi je serais bien incapable de vivre sans Pierre. Incapable de choisir un restaurant, un film ou une destination de vacances. J'hésite toujours entre deux couleurs même s'il s'agit de m'acheter une robe. Heureusement qu'il était là à la naissance des enfants : je n'aurais forcément pas choisi le bon prénom. Adèle ou Marthe ? Xavier ou Barthélemy ?

Cécile m'a appelée, avant-hier je crois, pour me dire qu'ils avaient décidé de se séparer. Je n'ai pas été étonnée. Il devenait invivable. Tout à ses patients, il avait déserté sa vie, leur vie. Cécile n'en pouvait plus. Il était devenu taciturne, buvait trop. Elle aussi a des journées fatigantes. Elle est vétérinaire pour cas sociaux. J'entends par là qu'elle ne soigne pas les otites des caniches des beaux quartiers, non. Elle s'occupe essentiellement des animaux dont personne ne veut. L'autre jour, l'avant-veille de sa mort je crois, elle a opéré un rat. L'un de ceux qu'on éradique. Elle a essayé de lui sauver la vie. Il y a deux semaines, elle a remis d'aplomb un lapin de la porte Maillot qu'un clochard lui avait apporté. Le lapin avait percuté un scooter. Une patte cassée.

« Plus de peur que de mal, a dit Cécile au clochard angoissé.

— Merci docteur, vous comprenez, on dirait un lapin, mais en réalité c'est le Christ.

— Le Christ ? Attendez qu'il aille mieux avant d'aller le faire marcher sur le lac du bois de Boulogne. »

Et le clochard paraît-il est reparti heureux avec son lapin plâtré.

Cécile a pris sa vie en main. Elle ne se serait pas laissé imposer une couleur, une matière ou la forme de ses seins (moi je n'ai même pas pu choisir mon nez !).

Je n'ai donc pas été surprise quand elle m'a annoncé cette nouvelle. Elle avait l'air sereine, évoquait déjà la joie qu'elle aurait de reconstruire sa vie ailleurs, dans un autre quartier. Elle ne lui en voulait pas. Elle disait que ce métier ne pouvait mener qu'à ça. Qu'il passait ses journées à éponger la détresse des autres. Qu'il était inévitable qu'il s'identifie à ceux qui toute la journée défilent dans son cabinet. Il était cause et sujet, il était cancer, infarctus, trahison, indifférence, blessure. Elle comprenait, mais il était devenu indifférent à leur vie.

Quand je l'ai appelé pour l'inviter à dîner, je savais qu'il viendrait seul. J'ai fait l'innocente au téléphone, mais Pierre avait déjà prévu de demander à Eléonore de se joindre à nous. Cécile aurait sans doute été soulagée qu'il ait quelqu'un de réel dans sa vie. On ne peut pas toute son existence se contenter des fantasmes induits par des patients qui un jour seront guéris et sevrés. Moi je ne suis malade que quand Pierre le décide. « Je te parie que tu vas t'enrhumer ma pauvre Hélène ! » Et le premier éternuement venait dans les minutes qui suivaient sa prédiction.

Quand je lui ai ouvert la porte, j'ai tout de suite vu qu'il était de méchante humeur. Contrarié, fatigué.

Pierre avait débouché un très bon vin, un corton-charlemagne je crois. Et moi j'avais fait un civet de chevreuil et mis une jolie table. J'avais reproduit à l'identique un décor photographié dans un magazine. De cette façon, j'étais sûre de ne pas me tromper. Et puis Eléonore était déjà là. Personne n'était dupe, pas de hasard ici. Mais je ne risquais rien. Au pire, ils ne se plaisaient pas, il ne se passait rien. Au mieux, ils auraient envie de faire connaissance. A aucun moment je n'aurais imaginé ce qu'il s'est passé.

Eléonore s'est intéressée à lui, a posé des questions sur son métier. Il grommelait. Répondait à peine. Quand tout à coup, il lui a demandé : « On va chez vous ou chez moi ? » Devant la consternation générale, il a ajouté quelque chose comme : « On peut s'en tenir à une gâterie dans ma voiture. »

Je ne sais plus les mots exacts, mais l'idée est là. Je peux avouer que j'étais fascinée. Une gâterie dans la voiture ! Avec Pierre, ce serait impossible ! Le cuir de sa Jaguar pourrait en pâtir.

Eléonore l'a mal pris, évidemment. Elle n'a aucun humour. Moi par exemple, j'aurais accepté, mais tout de suite, là, sous la table, qu'on me le propose ou non. Je lui aurais dit : « Pourquoi dans la voiture, nous pourrions prendre froid, restons ici. Il y a un bon feu. »

Je me serais glissée sous la table, j'aurais défait sa ceinture et… Oui et rien du tout ! Je ne sais pas pourquoi je dis tout ça. D'ailleurs la dernière fois que je suis allée sous la table, je devais avoir huit ans et c'était pour la distribution des parts de la galette des rois.

J'aurais peut-être dû essayer d'expliquer qu'il n'était pas sérieux et qu'il aurait fallu répondre sur le même registre.

Au lieu de ça, elle est partie, les sanglots n'étaient pas loin. J'ai essayé de la retenir. Je suis partie ranger la cuisine pour laisser Pierre parler à son ami.

Même les mots, je n'arrive pas à les trouver toute seule.

Le ton est monté. Pierre, je crois, lui a conseillé d'aller consulter. Finalement quand j'y pense, Pierre aussi manque d'humour. Tiens, la prochaine fois, c'est moi qui irai sous la table.

Alors c'est vrai qu'Eléonore n'avait pas besoin de ça, mais il faut qu'elle se détende un peu ! Moi par exemple, la Sologne, les lèvres siliconées, les nouveaux seins, et les chevreuils encore chauds et sanguinolents que Pierre me rapporte, je pourrais bien en avoir assez un jour ! J'hésiterais à le faire savoir. Il est probable que je ne dise rien. Car oui, comment le dire ? Et après l'avoir dit…

— Bien sûr que non je n'imaginais pas qu'il avait prévu de faire ça. Cécile avait bien un peu grossi, mais ça ne mérite pas la peine de mort ! Sacré bonhomme tout de même ! Moi, s'il fallait choisir entre tuer une guêpe ou une autre sachant que les deux me menacent, je préférerais me faire piquer. Non pas parce que je ne veux pas tuer de guêpe, mais laquelle condamner ?

Eléonore

Mademoiselle Maillard, nous voudrions revenir sur le dîner organisé le 26 février chez Monsieur et Madame de La Briance. Que pouvez-vous nous dire ?

Je peux vous dire que dès qu'une femme est célibataire, on la met à toutes les sauces. Elle joue les plantes vertes dans les dîners, comble la chaise vide, rend pair le nombre impair. C'est la dernière fois que je me laisse piéger. Quand Pierre m'a téléphoné pour me proposer ce dîner, j'ai dit oui tout de suite. Je ne savais pas que j'étais censée jouer le dessert d'un esseulé amer.

Un psychanalyste en plus ! J'ai quarante-cinq ans. J'ai divorcé il y a cinq ans, après quinze ans de bons et loyaux services conjugaux. J'étais mariée à un pianiste mégalo qui courait le monde. Le monde et les femmes. Les louanges le faisaient avancer, une mauvaise critique le rendait fou. Il disait souvent que le vingtième siècle ne le méritait pas et que le vingt et unième ne lui survivrait pas. Entre deux tournées, il rentrait à Paris, et nous faisait mener une vie d'enfer. Les enfants se réfugiaient chez leurs grands-parents pour ne pas le voir.

Un jour j'ai réalisé qu'il ne nous aimait pas, qu'il n'aimait et n'aimerait jamais que lui. Ensuite tout est allé très vite, j'ai demandé le divorce, il s'en est à peine aperçu, il était à Tokyo, nous correspondions par e-mail. Il avait été encensé par la critique japonaise, rien d'autre ne comptait. J'étais devenue transparente. Nous faisions l'amour rapidement, je n'éprouvais rien. Mais j'enviais son clavier : s'il m'avait caressée avec la même force douce qui émanait de ses doigts quand ils couraient d'une touche à une autre, j'aurais été comblée.

J'ai repris ma liberté. Je suis redevenue vivante. De lui, j'ai gardé une chemise, une partition (les préludes de Chopin), deux enfants. J'ai eu quelques aventures, histoire de me rassurer. Et puis il y a eu ce dîner. L'homme en question avait du charme. Le charme de celui qui ne cherche plus à séduire. Un peu sombre, c'est vrai, mais intrigant. Hélène m'avait précisé : « Tu verras, Pierre dit que c'est un type intéressant. » Mais il ne viendrait pas à l'esprit d'Hélène de penser par elle-même. Je crois qu'elle n'a même pas émis d'avis sur la nouvelle forme de ses seins.

J'ai essayé d'engager la conversation, j'ai dû dire quelque chose comme : « Combien de temps dure une analyse ? » Il m'a répondu avec un mépris ! J'ai oublié ses mots exacts, mais le ton était cassant. J'avais l'impression d'avoir demandé à un peintre : « Vous choisissez d'abord l'encadreur ou les pinceaux ? »

Il m'a regardée comme on regarde une fille en vitrine à Amsterdam. Peut-être est-il très fort et a-t-il décelé là un fantasme enfoui au plus profond de moi, une fantaisie dont moi-même je n'aurais pas connaissance ? Ou bien est-il simplement le roi des mufles ? Je pencherais pour la seconde solution.

C'est à ce moment-là qu'il m'a demandé si je préférais aller chez lui ou chez moi. Je suis restée sans voix. Comme dans un film, la fourchette suspendue. Voyant que je ne répondais pas, il m'a proposé que nous nous en tenions à une « gâterie rapide » (pardon ce sont ses propres termes) dans sa voiture. Je me suis levée, épouvantée, je suis allée chercher mon manteau. Hélène m'a suivie, s'est excusée : « Il ne faut pas lui en vouloir, il est perturbé, au bord du divorce, il n'a pas un métier facile… » C'est là que j'ai hurlé, pour la première fois de ma vie j'ai hurlé. Je n'avais jamais manifesté de colère ni contre mon mari et ses infidélités, ni contre mes clients (je suis décoratrice), ni contre personne. J'ai hurlé dans l'entrée, j'ai continué dans l'escalier : « Je ne suis pas une pute ! Et toi Hélène arrête de penser comme les autres ! Tu es une ratée, vous êtes tous des ratés avec vos salles de chasse, vos bonnes, vos meutes, vos cors à la con et nos cons sous vos corps. Oubliez-moi. Tiens Pierre, je te rends mes seins tout neufs ! »

Je savais qu'Hélène me téléphonerait le lendemain, que Pierre me ferait livrer des fleurs. Que je ne serai plus désormais l'invitée impaire, que je ne mettrai plus en danger l'enterrement des chevreuils.

J'imagine que Pierre lui a fait des reproches, qu'Hélène a débarrassé la table à petits pas rapides, comme on s'excuse.

Il a dû rentrer chez lui, triste. Sans doute avait-il eu une journée éprouvante, peut-être son dernier patient l'avait-il épuisé.

Dommage, que je n'ai pas eu son numéro de téléphone (je n'ai même pas son nom), nous aurions pu bavarder un peu.

— Non à aucun moment je n'ai envisagé qu'il avait fait ce qu'il a fait.

Jeanne

Jeanne Silberblick, d'après le journal intime du prévenu, vous l'avez vu le 26 février. De quoi vous souvenez-vous ?

De tout. Je grave dans ma mémoire tout ce que je vis avec lui, même les instants qui précèdent nos séances. J'ai revu l'homme sans âge sortir de l'immeuble. Il n'y a plus de doute possible. Il me précède. Je suis fille unique, et là pour la première fois j'ai l'impression d'avoir un frère. Un frère biologique. Un frère que j'aurais découvert au hasard de la vie. Je ressens pour lui la complicité que peuvent avoir ceux qui ont partagé le même sein nourricier. Je sais que je ne lui parlerai jamais, qu'il serait indécent d'entrer dans cette intimité-là. On se nourrit du même ventre, mais ce ventre accouche sous X, séance après séance.

Je me souviens que ce jour-là, je n'avais pas envie de le payer, pas envie d'être sa patiente. Pas envie d'être patiente tout simplement. Je lui ai demandé s'il m'aimait bien. Sa réponse, comme toujours, a été glaciale : « Avez-vous peur que je vous aime mal ? » Je connais les règles du jeu, je sais que ce lien est sous le contrôle des théories de ceux qui l'ont mis à jour, reconnu, éprouvé. Je sais que le jour de la séparation viendra, que je serai prête, qu'il le sera aussi.

Nous nous dirons au revoir. Le lien ne sera pas coupé à la hache, mais mort de sa belle mort. Le fil sera devenu si mince qu'il sera transparent. Nous n'aurons plus qu'à l'imaginer pour nous en défaire. J'ai été violée par le choc quand on m'a dit que mon père était mort. Je reste mutilée. Et j'ai mal là où il n'y a plus rien. Je n'ai jamais vécu libre. J'ai été enchaînée à ces visages sans regard sur moi. Aujourd'hui je vais tuer mon mari. Mon mari j'ai dit. Pas le père de mes enfants. Lui, leur père, fera comme le mien :

il vivra autrement. Je pourrai leur donner toutes les ficelles, les aider à éviter les pièges, leur conseiller de ne pas s'attacher trop longtemps au même visage, car si la mort s'empare de l'original, bien souvent, et je l'ai vécu, elle emporte aussi les doublures.

La veille mon fils avait eu neuf ans. L'âge que j'avais quand mon père est mort. Je regarde alors mon petit garçon. Mais c'est moi que je cherche au même âge. Que comprend-il ? De quoi se souviendra-t-il de ce jour-là ? Et je le pose dans l'instant comme on pose une feuille de calque sur un modèle.

J'avais envie de pleurer dans ses bras. De me lever de ce siège auquel je suis assignée, et de me blottir contre lui. Je ne voulais plus parler, j'étais fatiguée de disséquer. J'avais besoin de tendresse. Pour lui dire tout ça, j'ai souri sans bouger de cet inconfortable fauteuil.

J'ai payé vite comme j'imagine que les clients des putes règlent leur dû. Le billet qui suit le soulagement.

Ce soir-là, une fois de plus, j'étais résolue à le suivre. Je voulais apercevoir sa femme. Même en ombre chinoise. Il fallait que je mette un corps entre ses bras.

Je connaissais le chemin maintenant. C'est à peine si je vérifiais qu'il était bien devant moi. Aussi ai-je été surprise de me retrouver sur les extérieurs. Il roule vite. Moi pas. J'accélère, j'ai peur de le perdre. Une voiture, puis deux, puis trois me doublent. Je panique. Finalement, je le retrouve. Je comprends qu'il cherche une place. Je me range en double file pour regarder où il va. J'aurai tout le temps de me garer pendant qu'il dîne.

Il entre dans un hôtel particulier tout blanc. Joli, luxueux, de bon goût. Je le vois sonner, une femme vient lui ouvrir. Il entre, je le perds.

Je tourne, tourne. Finalement je me gare sur une livraison. On ne livre plus à cette heure-là. J'ai faim. Tant pis. Je guette. J'ai attendu deux heures, peut-être trois. Une femme sort la première. Elle a l'air grande. Je ne peux évidemment pas voir son visage, il doit être minuit et demi. Si c'était sa femme, ils partiraient ensemble.

Quelques minutes après, à son tour le voilà sur le perron de la maison. Il parle avec un homme. Il regagne sa voiture, je mets la mienne en marche, et nous partons. J'imagine qu'il va rentrer chez lui. J'ai raison. Il s'est engagé dans le parking, je suis restée face à son appartement éteint. Je suis en bas, il est en haut. Une fois encore, je regarde vers le ciel. Sa femme n'était donc pas au dîner qu'il vient de quitter, mais elle n'est pas non plus chez eux. Il allume la lumière de ce qui doit être le salon, pour l'éteindre presque aussitôt et en allumer une autre. Celle de leur chambre ?

Il est plus d'une heure du matin, mon mari doit dormir.

J'ouvre doucement la porte de mon appartement. Oui tout le monde dort. Pas de dîner sur la table de la cuisine, ni sur la table basse. J'avale un morceau de pain, et je bois au goulot un fond de champagne. Les volets de notre chambre sont ouverts, le lit n'est pas défait. J'allume. Personne. J'ouvre la porte de la chambre de mon fils, ils sont là tous les deux. Mon mari dort sur des coussins qui, apposés les uns aux autres, forment un matelas de fortune. Je n'avais pas anticipé cette situation. Je ne vais pas pouvoir le tuer devant l'enfant.

Je les regarde. Je les écoute respirer. Je réalise ce que je sais : dans la vie de l'homme que je traque, je ne suis rien. J'existe pour lui le temps d'une séance à laquelle il met un terme en sortant ses lunettes pour fixer l'heure du rendez-vous suivant.

Je suis heureuse de ce grand lit vide. L'espace comme le silence me permettent d'inventer le crime que je n'ai pas commis. Du coup de canif dans le contrat, comme disent les infidèles pour minimiser leur faute, au coup de couteau dans la poitrine, la différence est dans la taille de l'entaille.

Sa poitrine saigne mais très peu. Je suis déçue. Il faut que je me concentre pour que le sang jaillisse. Une prochaine fois peut-être !

J'invite ce soir à venir partager les minutes qui précèdent le sommeil cet homme sans âge, mon nouveau frère. Je m'endors sereine.

— Pourquoi je le suivais ? Parce que je trouvais injuste que ma vie avec lui soit limitée à quarante-cinq minutes. J'avais envie d'oublier que notre relation était soumise à des règles qui interdisent précisément ce que je faisais. Mais oui, je vous l'ai déjà dit ! Il est allé seul à ce dîner, il en est sorti seul. Et puis il est rentré chez lui. Et moi chez moi.

Mon mari dormait, je vous l'ai déjà dit. Avec notre fils, ça aussi je vous l'ai déjà dit.

Quel crime ? Vous n'avez jamais eu envie de tuer quelqu'un ? Non ? Quel crime ? Finalement le seul cadavre que vous auriez pu retrouver chez moi, c'est moi. L'ennui dessèche et ce qu'il reste de peau ne sert même pas à nourrir les vers, le saviez-vous ?

Séance du 1er mars

20 heures. Elle pourrait être jolie. Mais la vie l'a quittée. Elle a le charme des enfants qui courent. Elle, elle court pour échapper à la mort de son père. Ce père qui a déjà eu tant de visages et qui grâce au métier qui était le sien a eu mille et une voix.

Sa voix, la sienne, est douce et sombre. Elle parle mais surtout, elle guette. Je me fais un visage sévère. C'était aujourd'hui particulièrement difficile. Elle se moque d'elle-même. C'est assez désarmant. De plus, elle sourit beaucoup. Avec sa bouche, pas avec ses yeux. Séance délicate. Elle lutte pour ne pas se souvenir. Elle lutte pour n'être que dans l'instant. Il faut pourtant qu'elle apprenne que l'instant est comme une lettre isolée privée de ses sœurs, l'instant n'a de sens qu'uni à celui qui le précède. Elle réfute ce qui précède la mort de son père. Aujourd'hui, elle fixe un tableau au-dessus de mon bureau. Je l'interroge : « Que vous évoque ce tableau ? » Elle sourit. Ne dit rien. Puis elle le décrit. « Il y a une maison, des fleurs, un jardin... » Je l'écoute. Et je m'éloigne. Cette maison est la nôtre. Cécile a planté toutes les fleurs. C'est à elle que je dois les couleurs de ce jardin. Chaque arbre a un prénom. Par exemple le châtaignier s'appelle Bernard. Nous avons été si heureux dans cette maison. Je l'entends. Mais je suis ailleurs, loin de leurs deuils, loin d'eux tous. Ils me dégoûtent. Je la regarde. Aujourd'hui elle me fait penser à un petit oiseau, l'un de ceux que l'on s'amuse à tirer avec un lance-pierre quand on est enfant. L'un de ceux que l'on n'a pas conscience de tuer, car c'est à peine si on le dote d'un cœur.

« Vous m'écoutez ? Aujourd'hui, je vous agace. Je le vois. Je le sais.

— Vous m'agacez ? Qui avez-vous agacé ? Ce serait quoi agacer quelqu'un ?

— Mais j'en sais rien moi !

— On imagine. »

Et là, le silence s'installe. Je résiste. De temps en temps je murmure : « Oui... » Elle s'agite. Mais ne dit rien. Je regarde la petite pendule de bureau (un cadeau de Cécile), et constate, las, qu'il reste encore dix minutes. Elle dit que sa mémoire est un tableau noir. Blanc de souvenirs, tant il y en avait. Elle dit que le jour de la mort de son père, elle a effacé le tableau, proprement, à l'éponge, régulièrement, pour qu'une fois sec, il soit comme neuf, qu'aucune goutte ne laisse de trace.

Un petit oiseau, à peine un moineau de Paris.

« Bon ! Nous en reparlerons la prochaine fois, si vous voulez bien. »

Son écharpe, son manteau, son carnet, son billet.

« A mercredi.

— Oui. »

Je la regarde partir. Elle ne le sait pas. J'entrouvre les rideaux, et je la vois fouiller dans son sac, sortir son téléphone, les clefs de sa voiture. Elle s'éloigne, voûtée.

Ce soir, je dîne avec ma mère. Chez elle. Il y aura une omelette, des pommes de terre sautées, de la salade, un plateau de fromage, une religieuse au chocolat (une seule, elle ne mange pas de dessert). Et du vin rouge en carafe.

Ma mère n'a jamais travaillé. Elle nous a élevés (nous étions quatre), a pris soin de mon père pendant que lui prenait soin de sa maîtresse, a marié trois de ses enfants, le quatrième étant rentré dans les ordres, s'est acheté quelquefois du parfum ou un tailleur, n'a jamais cherché à retenir mon père le mercredi soir. S'est réjouie de nos réussites respectives, de nos mariages et de la naissance de ses petits-enfants.

Mon père a vieilli. Il rentrait de plus en plus tôt le mercredi soir. Et puis un jour, il n'est plus sorti et il est mort très vite. Il n'aura manqué que trois mercredis. Ma mère a été raisonnablement triste. Nous n'avons jamais parlé du mercredi qui était entre-temps devenu le jour des enfants. Elle est veuve depuis une dizaine d'années et ne s'est jamais aussi bien portée.

Elle sait que je viens seul. Je pense que Cécile lui a téléphoné.

« Mon chéri ! Tu as l'air épuisé ! Viens t'asseoir. Donne-moi ton manteau. Tu as faim ? Cécile ne te trompe pas, tu n'as rien à lui reprocher. Vous avez construit une si jolie famille. Maintenant les enfants sont grands, vous pourriez vous retrouver un peu. Je suis sûre que vous surmonterez cette petite crise. Dis-moi, tu n'as personne au moins ?

« Tu sais avec ton père, la vie n'a pas toujours été simple. Mais j'ai tenu le coup ! Et j'ai eu raison : l'autre salope est morte gâteuse dans une maison pour vieux. »

Elle a parlé seule pendant tout le dîner. Je l'écoutais distraitement en regardant un tableau accroché au-dessus de la table autour de laquelle nous dînions. Un tableau qui est dans la famille depuis plus longtemps que moi ! Je l'ai toujours vu mais je crois que je ne l'avais jamais regardé. Il représente une maison et un jardin. Le rose des hortensias est passé. Les volets sont fermés. La maison semble désertée. Je pense à ma dernière patiente, le moineau nain, et je me dis qu'un jour, j'accrocherai ce tableau-là à la place de celui qui est dans mon bureau. Je lui demanderai de me le décrire. Peut-être ouvrira-t-elle les volets et redonnera-t-elle des couleurs aux fleurs ?

« Au revoir mon chéri. Prends soin de toi. Appelle-moi. Réfléchis. Ménage-toi. Pars en vacances. Tes fous n'en mourront pas ! »

Je suis rentré, triste et repu. La porte de la chambre d'amis était fermée à clef. J'avais fait déplacer le verrou intérieur à l'extérieur. Une précaution pour Clémentine.

Je me suis couché, sans lire, sans penser. J'ai eu raison d'avoir fait ce que j'ai fait. La mort vaut mieux que cette chambre d'amis.

La mère

Madame, vous êtes la mère du suspect. Votre fils écrit dans son carnet intime être venu dîner chez vous le 1er mars dernier, est-ce exact ?

Oui c'est vrai. Il ne vient pas souvent. Mais il est très pris. Il est psychanalyste. Je crois avoir compris qu'ils traversaient sa femme et lui une petite crise. Cela n'a rien d'original ! De mon temps, on se taisait, on supportait. Ma mère disait : « Mets tes problèmes dans ta poche et ton mouchoir par-dessus. » C'est une façon de voir les choses. Moi, mes poches elles débordent de tous les mouchoirs qui étouffent les problèmes que je n'ai jamais affrontés.

Mon fils et ma belle-fille ont eu besoin de se séparer pour sans doute mieux se retrouver.

Vous m'apprenez qu'elle est morte. Que voulez-vous, ma mère disait : « Une de perdue, dix de retrouvées ! »

Mon mari m'a trompée toute sa vie. Et toujours avec la même poule. Je n'ai jamais rien dit. Nous n'en avons même jamais parlé. Une fois par semaine, le mercredi. Ce jour-là, il ne rentrait pas du bureau. Il allait directement chez elle. Je la connaissais. Au tout début de notre mariage, j'étais encore très amoureuse de Charles (il s'appelait Charles), et un mercredi, je l'ai suivi. J'avais repéré l'adresse et le nom. Le lendemain, je suis allée trouver la créature prétextant que je m'étais trompée d'étage. Et j'ai découvert une petite brune sans charme infiniment moins jolie que moi. Les cheveux à la Louise Brooks, une robe bon marché. Elle aurait pu être vendeuse aux Galeries Lafayette. J'ai été rassurée. Nous avions à peu près le même âge, nous vieillirions donc en même temps. Les rides de l'une n'effaceront pas celles de l'autre, mais la comparaison n'en ajoutera pas non plus.

Nous avons eu quatre enfants. Trois garçons et une fille. Notre dernier fils a été ordonné prêtre. Je ne souhaite cette épreuve à aucune mère. Avoir Dieu comme bru, c'est s'interdire le meilleur : les reproches (« dis à ta femme de me parler sur un autre ton » ou bien « dis à ta femme que si elle ne vient pas déjeuner dimanche, elle peut faire une croix sur mon saphir »).

Quand il a épousé Cécile, nous avons été très heureux Charles et moi. Elle était ravissante, passionnée par son métier (Cécile est vétérinaire), et venait d'un milieu semblable au nôtre. Ma mère disait toujours : « Pour ne pas avoir d'ennuis, il faut se marier dans sa rue. »

Il a fait médecine. Nous étions très fiers. Son ami Pierre avait choisi d'être chirurgien. Pourquoi pas ? Notre fils a préféré la psychiatrie. C'était une spécialité particulièrement difficile. Il fallait être solide et se préparer à côtoyer le pire. Il a fait une analyse pour devenir à son tour psychanalyste. Charles disait que rien ne valait une bonne guerre ou à défaut une salve d'électrochocs. Les discussions à la maison étaient sans fin. L'un défendait la cure par la parole, l'autre disait qu'un stage chez les paras guérissait tous les états d'âme.

Ils ont eu trois enfants. Adorables. Mon fils est devenu un psychanalyste que le Tout-Paris s'arrache. Je me demande bien pourquoi. Il est assez antipathique, il ne sourit jamais, et répond aux questions par d'autres questions. Il ne fait pas d'exception avec moi, sa mère. Sans doute les gens ont-ils besoin de signes extérieurs de puissance et mon fils bénéficie-t-il de la méprise entre autorité feinte et pouvoir.

Non, il ne venait pas souvent. Un peu plus peut-être depuis la mort de son père. Oui Charles est mort il y a environ dix ans. Ma mère disait : « Ce sont toujours les meilleurs qui partent les premiers » (qu'est-ce qu'elle disait comme conneries ma mère !). Je n'ai revu sa maîtresse qu'une seule fois : une très vieille dame en fauteuil roulant à l'enterrement de Charles. Quand je me suis approchée d'elle pour la saluer, elle m'a dit en pleurant qu'on enterrait son père. L'infirmière qui poussait le fauteuil a levé les yeux au ciel. J'ai compris que la poule était gâteuse.

Il est venu lundi. Je lui fais toujours une omelette et des pommes de terre sautées. Je mets le vin rouge dans une jolie carafe et j'achète du fromage. Je lui prends aussi une religieuse. Mais surtout je vais chez le coiffeur, je me maquille et je mets une jolie robe. Je ne veux pas qu'il ait l'impression que je me laisse aller. J'ai consacré ma jeunesse à mes enfants et à mon mari. J'aurais adoré travailler. Charles a été catégorique : « Une femme du monde ne travaille pas. »

Lundi, mon fils était particulièrement sombre. J'ai essayé de l'interroger. Je lui ai rappelé que la vie conjugale n'était pas toujours une partie de plaisir, je lui ai dit une fois de plus que la poule de son père était morte dans un asile pour vieux déments. A la fin de sa vie, elle se prenait pour Lady Diana. Elle ne parlait que pour dire « fuck Camilla ». J'ai supposé que le prénom de Charles était responsable de cette confusion.

J'ai beaucoup parlé, c'est vrai. Il avait les yeux rivés sur un tableau qui a toujours été là. Un tableau qui représente une maison triste aux volets fermés. C'est curieux de peindre une maison et d'en fermer les volets. Ce serait comme peindre un enfant mort. Un jour Charles a rapporté ce tableau à la maison. Je n'ai fait aucun commentaire. Il l'a accroché dans la salle à manger et nous l'a imposé une bonne quarantaine d'années. A tous les coups, un cadeau de la poule ou pire, une œuvre de la poule. Une métaphore peut-être.

Et si ce tableau symbolisait un poussin avorté ?

Je suis bavarde, mon fils avait raison. C'est peut-être pour cela qu'il fait ce métier. Il écoute. Il a bien dîné. Mais il avait très mauvaise mine. Je lui ai conseillé de se reposer. Je lui ai même dit quelque chose comme « tes fous n'en mourront pas ». Il m'a répondu : « Mais maman, ils sont déjà morts à eux-mêmes. » Je ne comprends pas toujours ce qu'il dit. Mais je l'aime. Je ne lui ai pas dit que Cécile m'avait téléphoné il y a une quinzaine de jours pour m'apprendre qu'ils allaient sans doute se séparer. Je ne lui ai surtout pas dit que je lui avais donné ma bénédiction.

Il m'a embrassée. A remis son pardessus et m'a dit : « Peut-être à lundi prochain, je t'appelle. »

J'ai débarrassé la table. Je me suis assise à sa place et j'ai regardé le tableau. Je suis allée chercher un escabeau, j'ai décroché la toile, et je l'ai mise sous le canapé du salon. A sa place, il y avait une tache sombre sur le tissu. Une preuve que ce tableau a empêché la lumière de rentrer dans notre foyer. Demain, la décharge !

— Vous imaginez qu'il m'aurait dit ce qu'il avait fait ? Jamais de la vie ! Les hommes de cette famille sont soit des salauds, soit des assassins, soit des cocus (vous croyez que mon fils, vous savez le prêtre, est le seul fiancé de la Vierge Marie ?).

Jeanne

Jeanne Silberblick, vous vous êtes rendue à votre séance habituelle le 1er mars. Que s'est-il passé ?

L'homme sans âge était assis sur mon banc. Il parlait tout seul. Il avait dû sortir en avance. Je me suis assise à côté de lui. Il ne m'a pas vue. Je n'ai pas osé l'interrompre. Pour lui dire quoi ?

« Bonjour, nous avons en commun le plus intime des secrets. Voulez-vous que nous parlions de lui ? Comment est-il avec vous ? »

Je me suis levée. Il était l'heure pour moi d'y aller. J'ai laissé l'homme sur notre banc. Un pigeon nonchalant picorait à ses pieds.

Ce jour-là, je n'ai pas eu envie de jouer le jeu. Je suis fatiguée de chercher à me souvenir. Je n'en vois plus l'utilité. Me souvenir ne m'aidera pas à accepter l'inacceptable. Je me concentre et fais beaucoup d'efforts pour que la toile soit blanche. Ou le tableau tout noir. Que l'un reste à peindre, l'autre à écrire.

Alors je regarde le tableau qui est au-dessus de son bureau. Il représente une maison, avec un jardin. Je plonge, comme Mary Poppins dans les dessins à la craie sur le trottoir. Je suis dans le jardin, il m'ouvre la porte de la maison.

« Entre.

— Merci. »

A l'intérieur, il fait frais. Au sol, des tomettes, au mur de la peinture. Partout des livres. Il s'assied et me regarde lire les titres des livres sur les tranches. J'ai envie de visiter la maison. Je pousse les portes, regarde les chambres. Les volets ne sont pas tout à fait clos. La lumière passe un tout petit peu. Je reviens là où il est assis. Je le regarde. Je crois que je souris.

« Allons, où étiez-vous ? Revenez.

— Je regardais le tableau.

— Le tableau ? Que vous évoque ce tableau ? »

Alors je me mets à le décrire sottement, comme un exercice imposé. Il ne m'écoute pas, j'en ai la certitude.

Je lui demande si je l'agace. Il ne répond pas.

Je vais essayer de lui dire qu'avant-hier si mon mari n'avait pas partagé la chambre de notre fils, je l'aurais tué. Pour que rien ne vienne parasiter la vie dont je rêve. A neuf ans, on n'est pas mariée ! En effaçant Jacques, je gomme le temps. Nous sommes ce matin de novembre, Dieu a réfléchi : il préfère la philosophie à l'humour. Il rappelle à lui un penseur et abandonne le projet d'engager un humoriste. Mais non, Dieu n'a pas réfléchi. Ou plutôt si. Et il s'en tient à sa décision première. « On va se marrer un peu, dit-il à saint Pierre. Je n'écoute plus tes conseils depuis que tu m'as juré que celui que j'ai rappelé en 1941 était un rigolo parce qu'il avait écrit *Le Rire*. Ah non ! C'est moi qui décide ! »

« Vous savez, j'ai voulu tuer mon mari d'un coup de couteau. Un de ces couteaux japonais que ma belle-mère m'a offert.

— A quelle occasion vous a-t-elle fait ce cadeau ?

— A la naissance de mon premier fils. »

Je dois de temps en temps l'émouvoir, l'intéresser, l'énerver, le toucher. Je dois faire naître en lui des sentiments que lui aussi a déjà éprouvés. Il a intérêt à être solidement amarré au réel pour ne pas appareiller avec nous. Nous ?

Il me dit : « A mercredi. » Nous étions lundi. J'ai l'impression que si l'éternité avait un prénom, elle s'appellerait Mardi. Il faut accepter de disparaître de son regard, pour exister aux yeux des autres. C'est impossible.

Cette fois-ci, en sortant de chez lui, je savais qu'il m'observait. Je le sentais. Alors j'ai fait en sorte d'être encore un peu plus voûtée que d'ordinaire. J'ai pu en pensée l'entendre me dire : « Tiens-toi droite ! »

Le banc était vide, l'homme était parti. J'étais déçue.

Je suis montée dans ma voiture, j'ai attendu qu'il sorte. Je n'étais plus sûre du trajet depuis le dîner de l'autre soir. Où allait-il m'emmener ?

Nous voilà sur le périphérique. Je déteste le périphérique. Je ne conduis pas assez vite. Je le perds. J'essaye de repérer les voitures grises. Peine vaine. Je l'ai perdu. Je l'ai perdu parce qu'il ne m'attendait pas, il ne m'attendait pas parce qu'il ne sait pas que j'existe en dehors de ce bureau. A peine m'octroie-t-il le droit d'exister entre deux portes. Je roule de plus en plus vite. Je le cherche. Et si la vitesse donnait sa chance au hasard. Peut-être est-il sorti ici ? Ou là ? Je tourne autour de Paris comme si ma vie dépendait de cette voiture disparue. J'entends sa voix. Sombre et neutre. J'en crèverai de cette neutralité. Ce serait si simple que nous ne dépendions plus de ces quatre portes, que nous en fermions une cinquième, celle de notre maison.

Si simple d'avoir neuf ans, de se laisser grandir et de ne pas avoir peur.

Je décide finalement d'aller l'attendre devant chez lui. J'ai l'impression de rentrer chez moi. Je me gare, et j'espère.

Trente-trois ans que j'attends. Je ne mets pas la radio pour ne pas me distraire. Il y a là une jouissance très particulière. Pour rien au monde je ne voudrais d'interférence entre mon fantasme (le suivre dans son parking) et la réalité qui me verra ouvrir la porte de chez moi.

Je ne somnole pas. Il est tard pourtant. Je guette. Je compte les voitures. Le voilà ! S'ouvre la porte métallique du garage. Sa voiture disparaît. Je lève les yeux et j'attends qu'il allume la lumière. Je suis certaine que sa femme n'est pas là. Tout était éteint. La lumière est brève. On dirait un signal en morse. Une autre pièce est éclairée maintenant. Peut-être sa chambre. Les rideaux sont tirés. Je ne vois rien. Mais je ne bouge pas. Je voudrais qu'il redescende et me dise :

« Que fais-tu dehors à cette heure-ci ? »

Je remets le contact, et je rentre. Fatiguée d'avoir joué.

Je ne suis plus surprise par notre lit vide. Je n'ai même pas faim. Ils dorment. Pas de mot. J'ai l'impression que Jacques sait que tant qu'il dormira avec l'enfant, sa vie ne sera pas en danger. Un dessin est posé sur mon lit signé de mon fils. Ce dessin représente une maison et un jardin. Je suis surprise de voir que les volets de la maison sont fermés.

— Je crois qu'il est arrivé vers minuit. Ou une heure, je ne sais plus. Tout était éteint. Non il n'a pas fermé les volets, juste tiré les rideaux. Oui, après je suis rentrée chez moi. Non, je n'ai rien d'autre à dire.

Séance du 3 mars

20 h 05. J'avais cinq minutes de retard. Elle a attendu. J'aime la surprendre quand elle attend. Elle joue avec son téléphone. Elle a l'air concentrée et sérieuse. Elle porte alors des petites lunettes rondes qu'elle enlève précipitamment quand j'entre dans la pièce. Aujourd'hui : blouson de cuir noir et baskets bleu marine. Un jean, cela va sans dire. Elle enlève son blouson, le met par terre. S'assied et subit le silence que je lui impose. Je sais que tout se joue dans ce silence-là. Mon autorité comme sa volonté de se soigner. L'une est le corollaire de l'autre. Elle prendra l'initiative de parler la première car elle sait que je ne cèderai pas. Il faut avec elle que le cadre soit extrêmement rigide pour qu'elle n'ait pas peur de s'épanouir. Il faut qu'elle se

cogne pour constater qu'elle ne risque ni de se blesser, ni de mourir. Il m'appartient de capitonner le cadre et de le rendre doux. Elle a cet air d'oiseau malade. Elle parle enfin.

Elle me touche mais ne m'émeut pas. Si je lui montre un seul signe d'empathie, elle va s'engouffrer dans ce qu'elle prendra pour une faille. Je dois être aussi solide qu'est fragile l'équilibre sur lequel elle a mis en place ses défenses. Mon assurance doit prendre l'apparence d'une rigueur implacable. Pour chacun de mes patients je me compose un visage, un regard, une attitude. Je suis comme Belle de Jour, je joue à être. Le visage que je lui offre n'est pas celui du père tendre et exigeant. Ce père-là vit en elle. Il n'a pas besoin qu'on lui prête main-forte pour aider sa fille. En revanche, le père de l'adolescente n'a pas eu le temps de naître. Mort à neuf ans. On dit toujours : « Quel âge avais-tu quand ton papa est mort ? » La question juste serait : « Quel âge avait le regard que ton papa posait sur toi quand la vie vous a séparés ? » La réponse : neuf ans.

Je sais que j'ai peu de temps pour que grandisse ce regard. Il faut qu'il ait douze ans, puis quinze, puis vingt. Il faut que j'interdise et que je permette sans jamais être en contact avec le réel. C'est l'une des définitions possibles de mon métier. N'être personne en incarnant tout le monde. Il faut que je sois invisible sans être transparent. Je dois lui offrir un luxe qu'elle n'a jamais connu : le droit d'avoir des conflits et l'assurance que ces conflits n'aboutiront pas forcément à une rupture. Au contraire. Mais elle n'est pas novice en la matière. Elle connaît les rouages du transfert. Et pourtant cela fonctionne encore. Ce mystère l'intrigue. L'intrigue à tel point que parfois je la soupçonne de ne faire cette démarche que pour comprendre la (sainte !) trinité : le père, le transfert et elle.

Aujourd'hui elle a ri d'un lapsus. Ri franchement, heureuse d'avoir enfin laissé échapper quelque chose. Oui si ce regard sur elle avait grandi, elle aurait pu être très jolie.

Elle a remis son blouson avec une grâce que je ne lui connaissais pas, exceptionnellement elle n'a pas d'écharpe. Sa nuque est fine. Je suis debout, elle aussi. Elle pose son sac sur le fauteuil et ouvre plus délicatement que d'habitude son portefeuille. Elle ne prend pas la peine de confirmer le rendez-vous de vendredi. Je crois qu'elle commence à être moins inquiète. Je la suis, lui ouvre les deux portes. Je lui souris en lui disant « A vendredi ». Elle répond à mon sourire, mais ne dit rien.

Je m'assieds dans la salle d'attente, là où elle était. Je m'accorde quelques minutes. J'imagine qu'on va venir me chercher.

Ce soir, je rentre chez moi, angoissé. Je ne parviens pas à effacer le message que Cécile m'avait envoyé et qui disait : « Dînons tous les deux. Il faut que je te parle. C. »

Dans la voiture, je mets la radio. Une chanson de Brassens met en mots le sourire de ma dernière patiente :

« *Or, un soir, Dieu du ciel, protégez-nous !*
La voilà qui monte sur les genoux
Du croque-note et doucement soupire,
En rougissant quand même un petit peu :

"C'est toi que j'aime et si tu veux tu peux
M'embrasser sur la bouche et même pire..." »

Hasard de la programmation à l'heure où s'est imposée à moi l'image de Belle de Jour !

J'ouvre la porte, le manteau et le sac à main de Cécile sont dans l'entrée. J'imagine qu'elle vient d'arriver ou bien qu'elle fait en sorte que tout soit prêt pour repartir très vite. Elle n'est morte que depuis une semaine et déjà je l'invente. Je pense à ma dernière patiente qui aura passé sa vie à inventer son père.

Je voudrais que Cécile m'attende dans le salon. Elégante et heureuse. Qu'elle s'assure que je vais bien. Moi, je pourrais lui demander si le rat a survécu.

« Non hélas.

— C'est triste.

— Oui c'est triste.

— Et un moineau, tu as déjà opéré un moineau ?

— Un moineau ? Heu... Attends, non je ne crois pas. J'ai fait une attelle pour un corbeau blessé dans le bois de Boulogne, j'ai rafistolé une patte de pigeon, mais un moineau, non, jamais. Pourquoi tu as vu un moineau blessé ?

— Oui en quelque sorte. Bon. Tu voulais me parler. Je t'écoute.

— Voilà.

— Quoi, voilà ?

— Voilà, je m'en vais. Je te quitte.

— Tu me quittes ? Comme ça ?

— Oui. Comme ça. Ta mère est au courant. Et figure-toi que j'ai sa bénédiction ! Elle m'a dit : "Foncez ma petite Cécile. Faites ce que je n'ai pas eu le courage de faire !"

— Bon. Tu pars quand ?

— Tout de suite.

— Tu as quelqu'un ?

— Ça ne te regarde plus. »

Et là, elle se serait levée, aurait pris son sac et son manteau. Aurait laissé ses clefs, bien en évidence.

J'admets que je n'étais pas obligé de la tuer. Notre histoire n'avait pas besoin de cadavre. Elle gisait, là.

J'ai regardé l'ombre de Cécile quitter ma vie et j'ai enlevé mes chaussures.

Ce soir, c'est moi qui vais dormir dans la chambre d'amis. Je transporterai son corps dans notre chambre qui sera redevenue *notre* chambre.

Je passe mes journées à incarner les morts, les maltraitants, les démons, les phobies. Je suis ce grain de sable tant redouté par ma patiente du lundi. Un grain de sable qui s'introduirait dans son lit, et se glisserait en elle pour germer. Je suis celui qu'on a détesté mais qu'il faut apprendre à ignorer, je suis celui qui a été ignoré et qu'il est trop tard pour aimer. Je suis un drap tendu, je suis une image projetée. Je suis le support et l'illustration. Je veux aujourd'hui devenir celle que j'ai tuée. Chaque jour je suis un *il*, je suis une *elle*, je fais connaissance en creux avec ceux dont je prends non pas la place mais l'ombre de la place. Je vais laisser parler Cécile. Je sais d'expérience que cet exercice ne me la rendra pas, mais peut-être m'aidera-t-il à mieux comprendre pourquoi j'ai tué ma femme. Je ne suis pas certain que là où je ne manquerai pas d'aller bientôt, on mette à ma disposition du papier et de l'encre.

« Je suis morte depuis une semaine. Combien de temps laissera-t-il mon corps dans la chambre d'amis ? Il a bien fait de me tuer. Je préfère l'acte propre à l'agonie à laquelle j'étais vouée. La mort, on s'en fait un monde ! J'ai retrouvé Jean-Paul, ma mère et quelques amis. Mais nous n'avons plus grand-chose à nous dire. C'est toujours comme ça quand on perd les gens de vue. On s'imagine de grandes retrouvailles, et puis rien. À peine un bonjour courtois.

« C'est vrai, on aurait pu se contenter de divorcer ou même se séparer. Pourquoi m'a-t-il tuée ?

« Je dormais dans la chambre d'amis. L'ancienne chambre de notre fils aîné. Je ne voulais pas qu'il entre dans la pièce. Pas envie de discuter, d'argumenter, d'essuyer sa colère. Il y a quelques jours, j'avais pris la décision de faire poser un verrou. Je m'enfermais, il pouvait taper, tambouriner, j'étais tranquille. Seule dans ce grand lit, j'avais l'impression d'avoir à nouveau vingt ans. Quand tous les espoirs sont permis. Seule dans ce grand lit, je fermais les yeux, et j'attendais que viennent les rêves d'une vie de femme. Quand ils venaient, les rêves, j'étais réveillée par le bonheur d'être encore capable d'éprouver du plaisir. Solitaire ou partagé, le plaisir qui vous submerge vous prouve au moins une chose : vous êtes en vie.

Et moi, voilà bien longtemps que je n'étais plus en vie que seule. Oui j'aurais pu prendre un amant. Je l'ai fait d'ailleurs, une fois. Mais ce n'était même pas une aventure, tout juste deux hasards qui se croisent, se regardent et s'unissent une après-midi ou deux. Je me souviens de son prénom. De son prénom et de ses mains. Nous nous retrouvions chez lui. Sur son palier, des enfants jouaient. Je me déshabillais vite, je me glissais dans son lit, et je me laissais faire. Il était sérieux. Il me regardait sans cesse. Et puis avec des gestes précis, il me faisait jouir. Sans un mot. Je ne disais rien non plus. La première fois, bien élevée, j'ai voulu lui rendre la politesse. Il m'a arrêtée. Sans un mot. Je me suis rhabillée, je suis sortie. Sur le palier, trois enfants disputaient une partie animée de Mille bornes. Nous nous sommes vus deux fois je crois. Ce n'est pas la culpabilité de tromper mon mari qui m'a empêchée de continuer. Non. J'avais eu ce que je cherchais. La preuve que j'étais vivante. Je n'ai aimé qu'un homme. Lui. Mon mari. Et je suis certaine qu'il n'a aimé que moi. Sans doute est-ce précisément pour cela qu'il m'a tuée. Devant une cour d'assises, l'argument sera faible pour encourager les jurés à la clémence.

« Monsieur le Président, mesdames et messieurs les jurés, il l'aimait. Il l'a tuée parce qu'il avait peur un jour, de moins l'aimer. »

Et puis il y avait mon métier. Je suis vétérinaire. Avec il faut bien le reconnaître une prédilection pour les animaux dont en général on cherche à se débarrasser. Si j'avais pu mettre au point des petits masques, comme ceux que portent les Japonais dans Paris, pour préserver les cafards de toutes ces bombes dont on les asperge pour les massacrer, je l'aurais fait. C'est si joli un cafard, si vulnérable, si détesté.

J'aime aussi les rats. Ceux du métro. Ceux qui déclenchent des hurlements ou des moues de dégoût.

« Regarde, là sur les rails, un rat mort.

— Pourvu que tous ses potes viennent à l'enterrement et qu'un métro passe au moment du requiem ! »

Les gens sont inhumains. Alors je compense. Quand je peux en sauver un… L'autre jour, l'avant-veille de ma mort précisément, un gamin est venu m'apporter son rat agonisant. J'ai essayé et échoué.

Je comprends que mon mari soit insensible à la souffrance de ces animaux de l'ombre qu'on ne prend pas la peine de chercher à connaître. Toute la journée il écoute des gens parler de ce qui les paralyse. Il passe du viol de l'une au deuil de l'autre. La mère qui a perdu un fils, la femme qui doit accepter que sa maladie ne lui permette jamais de porter un enfant, la petite fille devenue grande mais qui continue à attendre son père, mort il y a une vie…

Il me racontait tout ça. Il prenait sur lui la souffrance de ses patients et était pour certains une sorte d'intermédiaire entre deux mondes. Celui des vivants, et celui des disparus, nés ou pas.

Alors moi et mes histoires de rats ! Je l'ai déçu. J'étais si jolie quand nous nous sommes mariés. J'ai un peu grossi, mes dents sont moins blanches (deux paquets de cigarettes, les jours où je suis raisonnable), je néglige mes cheveux. Je me cache derrière la blouse blanche que je porte toute la journée.

Je savais que Clémentine lui avait laissé une assiette froide. Il a allumé la télévision, comme tous les soirs. Il me semble qu'il regardait une chaîne de télé-achat. Je le connais par cœur, il devait espérer un épisode de Columbo et s'est rabattu sur un vendeur de n'importe quoi pour les désespérés de la nuit.

Il parlait tout seul. Notre appartement est assez grand mais la chambre d'amis n'est pas loin du salon. J'étais fatiguée mais tendue. J'ai essayé de lire *La Société des rats* mais je n'arrivais pas à me concentrer. J'ai pris alors un magazine féminin et fait un test : « Etes-vous celle que vous rêviez d'être ? »

J'ai répondu consciencieusement. J'ai ensuite additionné les points en fonction des différents symboles. L'étoile valait un point, le cercle deux points, etc. Le résultat a été à la hauteur de ma lassitude ! J'ai alors éteint la lumière. J'avais pris un somnifère, non pas pour m'endormir, mais pour ne pas réaliser que je m'endormais seule en comptant les étoiles du test qui parlait si justement de moi.

J'avais fermé à clef la porte de la chambre d'amis. C'est alors que j'ai été réveillée par des sanglots. Derrière la porte, il pleurait aussi bruyamment qu'un enfant. Je me suis levée, et je lui ai conseillé d'aller se coucher.

« Tu as trop bu. Dors. Nous parlerons demain. »

Il a insisté. A trouvé les mots. Des mots que d'autres avaient si bien chantés : « J'apprendrai ma leçon sur le bout de tes doigts. » A parlé d'espoir, de nouvelle vie, de nouveau départ. M'a dit : « Je t'ai négligée, je vais changer. Je n'aimerai jamais que toi. » A pleuré encore. S'est mouché. J'ai ouvert.

Le plus simplement du monde, il m'a égorgée. Avec le couteau qui tant de dimanches avait été le témoin de nos déjeuners avec les enfants. « Qui reprendra du gigot ? »

Il a nettoyé le sang, m'a recouchée. Il s'est assis sur le lit, comme on veille un malade. Il a pris le magazine, l'a ouvert là où j'avais laissé le crayon, à la page du test, et a lu la conclusion qui me concernait. J'avais pris soin de l'encadrer : « Vous n'êtes pas celle que vous rêviez d'être. Vous avez sacrifié vos rêves. Votre vie n'est qu'une succession de petites joies. Vous avez droit au bonheur. Il est encore temps de réagir, laissez-vous guider par votre intuition. Larguez les amarres, cessez de vous croire indispensable. »

Il m'a embrassée sur le front. Il est sorti de la pièce, est revenu avec un tournevis. A démonté le verrou et l'a remonté à l'extérieur de la pièce.

Je suis morte depuis une semaine. Il a dû inventer un stratagème pour que Clémentine ne vienne pas.

Le banc des soupirs

Et si les morts de mort violente avaient un sursis de parole ? Si, pour compenser le mauvais sort, ils pouvaient une dernière fois s'exprimer ? Si une faveur leur était accordée. Par qui ?

Est-ce que Cécile aurait approuvé les dernières paroles que je viens d'inventer pour elle ? En l'incarnant le temps de ce monologue, je réalise qu'elle était morte depuis bien plus longtemps… Mon crime n'a pas été dans ce geste, car ce geste je l'ai fait chaque jour de notre vie commune. Entaille après entaille, invisibles à l'œil nu, j'ai tué Cécile. En ne la regardant plus, en ne voyant en elle que l'évidence d'un confort que j'estimais mériter.

Jeanne

Jeanne Silberblick, êtes-vous allée à votre rendez-vous du 3 mars ? Avez-vous cette fois encore suivi le suspect ? Qu'avez-vous vu ?

Je suis même arrivée en avance. Je me suis installée au bistrot du coin de la rue parce qu'il pleuvait. Je n'avais en principe aucune chance de croiser l'homme sans âge, mon frère de transfert, sur notre banc. Assis sur une banquette en skaï, il lisait son horoscope en sirotant une grenadine. J'ai essayé de voir sur quel signe il se concentrait. Sans succès. La séance avait dû être joyeuse, ou riche de révélations. Il avait la mine réjouie de celui qui a compris ou simplement admis. Je ne l'ai pas abordé, bien sûr. Il ne sait pas que j'existe. La quatrième porte se referme sur lui aussi. Sans doute pense-t-il qu'après lui, personne ne vient. Peut-être même croit-il que son interlocuteur se dissout en attendant leur prochaine séance. Alors, respectueuse du fantasme d'exclusivité, je n'allais pas aller lui taper sur l'épaule et lui dire :

« Salut, moi je suis la suivante ! »

Je suis ressortie parce qu'il était l'heure. L'heure de pousser la première porte, de tirer la deuxième. D'être invitée à entrer par la troisième et de franchir la quatrième.

Il m'a ouvert et m'a indiqué la salle d'attente. S'est excusé sobrement. « J'ai un peu de retard. » Une cinquième porte s'était ouverte et refermée. L'homme sans âge ne me précédait donc pas aujourd'hui. Quelqu'un d'autre occupait *mon* fauteuil. Je n'ai pas regardé autour de moi. J'avais peur que les livres posés, les tableaux, les objets ne le fassent exister. Peur de me dire il aime l'art abstrait ou Edmond Jabès. J'ai sorti mes lunettes de mon sac, et j'ai joué avec mon téléphone. Il faut attraper des étoiles en avalant des lunes. Plus on mange de lunes, plus on a de la force, plus d'étoiles on attrapera. Le ciel était pratiquement dégagé, j'allais accéder à un autre monde, plus difficile, jalonné sans doute de plus d'obstacles, quand il a ouvert la porte et m'a invitée à le suivre. Le suivre, façon de parler, car il ne me précède jamais. Peut-être est-ce de là que vient le mot bienséance ?

Il faut que je parle. Le silence est terrifiant. Il me laisse avoir peur. Ou retrouver une sensation de peur. Jamais il ne parle le premier. Il m'impose la parole comme on impose le silence.

« Je veux comprendre comment naît le lien. Quelle formule scientifique ou clinique appliquez-vous pour que le transfert se mette en place ? Suis-je la parenthèse d'une identité remarquable ? Dans $(a+b)^2=a^2+2ab+b^2$, multipliez-vous l'absence par elle-même, l'ajoutez-vous au silence, qui à son tour sera multiplié par l'absence ? La formule est-elle la même pour tous ?

— Savoir ne vous avancera à rien. Je vous rappelle que la consigne ici est de ne pas réfléchir. »

Je suis mal assise, frustrée de sa réaction, honteuse d'avoir cherché à savoir, d'avoir scruté les manches de la veste du magicien. Peu importe d'où elle vient, seule compte la colombe.

Je regarde sous le divan et je lui dis :

« Je crois que j'ai vu un rat.

— Comment était-il ce rat ?

— Mort. Et cherchant sa place dans l'éternité. Il se dit que personne ne veut de lui. La Vierge Marie n'aime que les chats. »

Il m'écoute, ne sourit jamais. Ne semble pas surpris que je lui décrive un rat mort. Et puis j'ai fait un lapsus. Et j'en ai ri. Impossible de m'en souvenir. Le propre des lapsus est qu'ils disent tout haut ce que l'inconscient pense tout bas ! Donc aussitôt dévoilée cette part de mon intimité, aussitôt remballés les indices pour y accéder. Mais je me souviens avoir ri. Ce rire, le mien, dans cette pièce qui avait dû voir tant de larmes, était un indice du printemps à venir.

Je cherche à le provoquer, à le choquer. Je voudrais qu'il soit vivant. Qu'il réagisse. Qu'il sorte de la réserve imposée par sa fonction. Qu'il cesse de distinguer nature et fonction. Tant pis pour la grammaire !

Je me tais à nouveau.

Je voudrais lui dire que je sais que sa femme est partie. Lui dire qu'à la première occasion je tuerai mon mari. Lui promettre qu'il ne sentira pas ma présence à ses côtés. Je me ferai petite. Je serai même invisible aux yeux de celui qui ne veut pas me voir. Lui dire qu'à neuf ans, on ne peut pas vivre sans son père, que je ne fais pas exception à la règle. Lui avouer que je le file. Lui parler de son appartement éteint, de sa voiture protégée par le parking de son immeuble, des lumières qu'il allume.

J'ai envie de lui demander ce qu'il pense d'un petit garçon qui dessine une maison aux volets fermés.

De tout ça je ne dis rien. Où m'emmènera-t-il ce soir-là ?

Je comprends qu'il est l'heure. Il ponctue la séance d'un « Bon, nous en reparlerons vendredi ». Si j'avais osé je lui aurais demandé de quoi nous allions reparler, puisque nous avions à peine parlé. Mais je suppose que c'est une espèce de formule magique qui rend à chacun non pas son apparence, comme dans les contes de fées, mais sa personnalité. Il n'est plus mon père, je redeviens une femme de quarante-deux ans. Je n'ai plus neuf ans, il redevient l'homme que chez lui personne n'attend.

Il a roulé moins vite que d'habitude. Il n'était à l'évidence pas pressé de rentrer chez lui. Il s'est arrêté chez un épicier. En est ressorti assez vite. Je distinguais dans un sac rose et fragile une bouteille de vin.

Ce soir-là, j'avais décidé de ne pas attendre qu'elle rentre. J'avais décidé qu'elle ne rentrerait pas. M'a traversé l'esprit une drôle d'idée : et si sa femme était morte ? Et s'il l'avait tuée ?

Je me suis dit alors que j'étais fatiguée et que si je rentrais plus tôt, mon mari dormirait avec moi ce qui me laisserait enfin la liberté de faire ce que la présence de mon petit garçon m'interdisait.

« C'est toi ?

— Oui.

— Déjà ?

— Tu n'es pas content de me voir ?

— Disons que je suis surpris.

— Les enfants dorment ?

— Oui.

— Tu veux qu'on parle, tu veux qu'on dîne ?

— Je ne veux ni parler, ni dîner. Je te quitte. J'emmène les enfants. Ils ont besoin d'une mère. Pas d'un zombie qui rentre au milieu de la nuit et se lève quand ils reviennent de l'école. Et moi j'ai besoin d'une femme, pas d'une adolescente qui fait le mur. Tu sais depuis combien de temps nous n'avons plus fait l'amour ? Moi non plus ! Au-delà de deux années, j'ai cessé de compter.

— Tu as quelqu'un ?

— Ce n'est pas ton problème. Mais toi, je ne te pose même pas la question, ton emploi du temps est un aveu ! Dis-moi juste qui c'est !

— C'est mon père.

— Ton père ? Mais il faut appeler le SAMU. Tu es vraiment dingue ! Ton père est mort il y a trente-trois ans.

— Justement. »

Il s'est levé, m'a regardée. A hoché la tête. Je suis allée me coucher, seule.

— Il est passé s'acheter une bouteille de vin chez l'épicier du boulevard. Le boulevard qui fait l'angle avec l'avenue. Et puis il est rentré chez lui. Vraisemblablement il était seul. Tout était éteint. Moi aussi je suis rentrée chez moi. Mon mari m'a annoncé qu'il me quittait. Il est persuadé que je le trompe et que je suis une mauvaise mère. Non, je n'ai pas protesté. En un sens il a raison. Avoir envie de tuer n'est pas tuer. Où est le cadavre ? Je vous rappelle que vous n'êtes pas là pour moi.

Séance du 5 mars

20 heures. Déjà. Aujourd'hui, je l'ai vue arriver. Il fait jour plus tard et les rideaux laissent passer la lumière, je peux apercevoir les silhouettes des gens dans la rue. Elle ne marche pas très vite. Elle ne sonnera qu'à l'heure convenue. En attendant, elle s'assied sur un banc. A côté d'ailleurs du patient qui la précède. C'est étrange, ils se sont reconnus. Ce banc ressemble à une île. Autour d'eux la vie qui grouille, qui va, qui avance. Eux ils sont là, protégés d'une réalité que je dois les aider à accepter.

Lorsqu'elle franchit la troisième porte, la porte d'entrée donc, elle a les yeux qui pleurent. Elle m'explique qu'il fait froid et que le vent fait pleurer ses yeux. Je lui demande si cela a toujours été le cas. Elle réfléchit à cette question pourtant anodine (il n'y a pas de question anodine ici) et me répond : « Non, c'est nouveau dans ma vie. »

Nouveau qu'elle laisse passer un peu de l'extérieur dans l'intimité de son regard, l'idée me plaît.

Son manteau blanc est roulé en boule par terre. Peut-être un jour, l'allongera-t-elle sur le divan pour qu'une partie d'elle-même entreprenne d'accepter d'être vue sans voir. Elle essuie ses yeux avec un kleenex qui a l'air d'avoir fait les deux guerres. Je ne dis rien. Je la regarde et me demande où est passée sa vie. Comme on se demande : « Mais où ai-je posé mes lunettes ? » Ou bien comme dans les livres de jeux pour enfants, « où est passé Charlie ? ». Le principe : une double page qui fourmille de petits personnages, la gageure : trouver Charlie. Il est à peine visible à l'œil nu. Il faut détailler chaque personnage pour s'assurer qu'il n'est pas celui qu'on cherche. Charlie règne en maître sur cet univers mais il se cache.

La vie chez ma patiente (son prénom est court, Claire ? Blanche ?) est comme Charlie :

cachée. Elle a évoqué pour la première fois sa grand-mère traumatisée par les pogroms, décrit les brimades dont progressivement les juifs ont fait l'objet. Ma patiente me les cite, comme on récite. Un inventaire à la Prévert, sans Prévert. Elle fait siennes les humiliations dont sa famille paternelle a fait l'objet. Et j'avoue qu'à 20 heures, je ne suis pas certain de ne pas être arrêté pour ne pas avoir respecté le couvre-feu.

Elle me reproche ensuite de ne pas être chaleureux. Je lui rappelle qu'elle n'est pas là pour ça. Qu'elle m'a demandé de l'aider, que mes prédécesseurs, sans avoir échoué, n'ont pas réussi, et que par conséquent, elle comprendra que je sois différent de ce qu'elle a pu connaître. Elle se tait alors. Mais juste avant de ramasser son manteau blanc, elle me dira : « Je sais que vous n'existez pas. Que vous vous matérialisez pour moi. Je vous donne la vie quand j'entre et je vous la reprends quand je m'en vais. C'est moi qui vous anime. C'est moi qui décide. Et là, j'ai décidé que vous n'étiez pas chaleureux, pré-occupé même. Il m'arrive de vous inventer une certaine bienveillance. Mais c'est tout. Voilà. »

Avec son manteau blanc sur le dos elle ressemble à Jeanne d'Arc (Jeanne, c'est peut-être ça son prénom) telle qu'elle est représentée dans l'imagerie naïve. Effrontée et habitée. Elle sort un billet froissé de sa poche et me le tend.

Alors que la mort est omniprésente dans l'histoire de cette femme, je n'ai jamais autant senti la vie avoir envie de poindre. Je lui ouvre les portes, je la sais dehors. Je regarde par la fenêtre, les feuilles des arbres me disent que le vent ne s'est pas calmé. A-t-elle un autre mouchoir dans son sac ?

Ce soir j'ai rendez-vous avec mon analyste. Je le vois tous les trimestres pour faire le point. La séance, qui n'en est pas une, il serait plus juste de parler de *rencontre*, n'a pas de durée fixe. Un quart d'heure, une heure… Je ne lui demande pas de m'éclairer mais de m'écouter. C'est alors que souvent vient la lumière. Je formule une difficulté rencontrée avec l'un ou l'autre patient, j'écoute les mots que j'emploie et je comprends. Nous ne sommes pas amis, nous nous croisons parfois dans des colloques, nous nous saluons, réservés. Les sentiments que chacun fait naître (ou résonner) chez l'autre nous appartiennent, nul n'a à en être témoin.

Oui mais aujourd'hui je ne vais pas lui parler de ce patient suicidaire (tous les trois jours, tentatives de suicide à l'homéopathie, cent cinquante doses d'Arnica ingérées), je ne vais pas lui parler de cette vieille dame qui vient une fois par semaine me parler de sa fille morte en 1963, et qui chaque après-midi lui prépare son goûter, je ne vais pas lui parler de Jeanne d'Arc le moineau, je vais lui parler de moi, de Cécile, de la chambre d'amis.

« Entrez.

— Merci.

— Asseyez-vous, je vous en prie.

— Merci. »

Son bureau est aussi vaste et ordonné que le mien est petit et mal rangé. Pas de livres empilés, ni de documents, ni de crayons. Rien. Ou presque. Une maquette de bateau, un sablier en cuivre, une boussole et un coupe-papier dont le manche est en bois.

Son fauteuil en cuir est parfaitement proportionné à la pièce. Cinq Jeanne d'Arc pourraient s'y asseoir.

Le mien, celui donc du visiteur, est plus petit mais très confortable. Ce qui n'est pas le cas chez moi. Je ne veux pas que mes patients se reposent.

« Oui ? »

Mes yeux pleurent. Ma bouche pleure. Tout mon corps pleure. Je sors de ma poche un mouchoir en tissu, et doucement je me mouche.

« Oui ?

— Il y a neuf jours, j'ai tué ma femme.

— Oui ?

— Parce que je ne la désirais plus, parce que les appendicites des rongeurs du métro parisien je n'en pouvais plus, parce qu'elle ne teignait plus ses cheveux blancs, parce qu'elle avait grossi…

— A quoi associez-vous ce meurtre ?

— A du sang qui n'en finit pas de couler, au couteau du dimanche, à Ken, à mes larmes, à mes promesses.

— Vous voulez dire que vous l'avez vraiment tuée ? Ou parlez-vous d'un meurtre symbolique ?

— Pour une raison symbolique, je l'ai vraiment tuée.

— Comment ?

— Petit à petit. J'ai commencé à la tuer en m'endormant comme on s'éteint, en me réveillant sans me retourner. Je voulais lui faire payer mon manque de désir. Notre histoire était là devant moi, par terre. Morte. Quand il n'y a plus d'histoire, il n'y a plus de personnages. Mais si les personnages survivent à l'histoire, une autre histoire est possible et les possibilités sont infinies. Si toutes les symphonies n'ont pas été écrites, c'est parce qu'après avoir été utilisée, chaque note reprend sa liberté. Je ne voulais pas lui rendre sa liberté.

— Vous lui en voulez ?

— Oui.

— Bien. Nous en parlerons la prochaine fois. »

J'ai sorti de ma serviette mon agenda électronique, cherché le stylet dans la poche intérieure de ma veste. Passé les mois d'avril, mai. Arrivé au mois de juin, je me suis arrêté sur le 21. J'ai pensé à Jeanne d'Arc. Aux quatre portes. J'ai souri à l'idée que peut-être aux beaux jours, elle viendrait sans écharpe, sans manteau. J'ai souri parce qu'il m'arrive d'avoir envie d'imaginer qu'au terme des quatre portes, dont la quatrième est celle de mon bureau, elle rentre chez elle. Les bras nus.

Dans la poche gauche de mon pardessus, de la liasse de billets, j'ai extrait cent euros. Je lui ai tendu cinq billets de vingt.

Comme pour dévaloriser l'entretien. Ou le morceler, rythmer ses « oui ».

Il m'a raccompagné. A ouvert la porte capitonnée de son grand bureau, m'a tendu une main absente en me souriant.

Je me suis retrouvé sur le trottoir devant le parc Monceau, face à son bel immeuble. Je me suis assis sur un banc. J'ai compté les étages pour tenter d'apercevoir la pièce dans laquelle il me reçoit. Vaine entreprise quand on sait l'épaisseur des tentures qui protège ses « oui » de l'extérieur.

Et je me suis demandé si sa femme était jolie.

Je suis rentré chez moi, déterminé à me débarrasser du corps de Cécile. Prune finirait par revenir, et je ne supportais plus cette femme qui après avoir vieilli, avait l'inélégance de se décomposer.

Je suis sorti de l'ascenseur, j'avais préparé mes clefs.

Le psychanalyste

Docteur Duregard, vous êtes ici parce que l'un de vos patients est le meurtrier présumé de sa femme. Nous avons besoin de votre témoignage, car d'après les notes intimes du suspect, il aurait eu rendez-vous avec vous le 5 mars dernier. Confirmez-vous cette information ?

Oui. Je le vois tous les trois mois, parfois moins, jamais plus. Il est ponctuel. Il vient toujours après ses propres consultations. Nous ne nous sommes jamais vus avant 20 h 30. Sauf bien sûr quand il était en analyse. Il venait alors tous les deux jours. J'ai quatre-vingt-trois ans, toute ma vie j'ai écouté des gens qui se destinaient eux-mêmes à écouter des gens. Il faut donc que ma vigilance soit double. Que mon écoute soit en abyme. Il faut que de l'analyse sorte un enseignement particulier mais aussi général. Il faut que quand résonne un traumatisme qui est propre à mon patient, nous puissions en discuter en l'éloignant. Comme si cette névrose-là était étrangère à celui qui en est victime.

Le transfert avec ce patient a pris tout de suite. En deux séances si ma mémoire est bonne. En un mot, il en voulait à son père d'avoir tous les mercredis trompé sa mère. Il n'avait pas pour son père de mots assez durs ni de mots assez admiratifs. Il disait : « Vous comprenez, il était libre. Se foutait des conventions, des règles, des lois. Il aimait ma mère, mais il aimait aussi l'autre. Il a fait souffrir deux femmes. Mais les a aussi rendues heureuses à sa façon. A donné quatre enfants à l'une et probablement un ou deux à l'autre. Ou aucun. Je ne veux pas savoir. Toute mon enfance, j'ai vu ma mère s'éteindre le mercredi matin et renaître le jeudi. Sans doute espérait-elle qu'un dérèglement des planètes, de la lune, de la terre, imposerait à la nature une semaine de six jours, faisant ainsi sauter le mercredi. Mais la terre et le soleil ont pris le parti de l'adultère et le mercredi, papa découchait. Mon père ne nous cachait rien de son autre vie. Il en était même assez fier. Il parlait à notre mère des qualités de sa maîtresse, mais ne dissimulait pas non plus ses sujets de mécontentement ou de déception à son endroit. Parfois il disait la trouver *ordinaire*. Ma mère alors buvait du petit-lait, l'auriculaire en l'air ! »

J'ai donc été pour lui ce père infidèle. Il parlait aussi beaucoup de l'un de ses frères, prêtre. « Dans soutane, il y a soute et il y a âne ! Ce n'est pas vous qui me contredirez ! Toute sa vie, il ramera dans la soute et travaillera comme un âne. Il ira d'une paroisse désertée à une paroisse désertée. Prêchera pour trois bigotes et baptisera des bébés qui ne remettront plus jamais les pieds dans une église. Il mariera des couples qui se sépareront. Il enterrera des vieux ou des moins vieux qui toute leur vie auront abjuré la foi de leur baptême. Il vivra misérablement du denier du culte. Ne culbutera qu'en rêve une paroissienne moins laide que les autres.

Peut-être même le désir de caresser la nuque d'un premier communiant le taraudera-t-il. Quel con ! Il avait tout pour lui. »

J'ai été aussi ce frère chaste et pieux.

« Et ma mère, comment a-t-elle pu accepter de ne pas changer la serrure le jeudi matin ? Elle se complaisait dans ce rôle de femme trahie. Ça l'arrangeait d'avoir une raison de se refuser à lui. Heureusement que quand mon frère aîné est parti, elle a pris sa chambre. Mes parents avaient toujours dit que ce serait la chambre d'amis. L'infidélité de mon père a privé la chambre d'amis ! Maman était encore très jolie quand mon père a commencé à la tromper. Elle aurait pu refaire sa vie. Mais non. Elle espérait qu'il se lasserait. Elle a vieilli, comme vieillit une femme trompée. Trop vite. Et mal. »

J'ai été cette femme abusée. Et puis petit à petit, comme on enraye une cellule folle, j'ai cessé d'être ce kaléidoscope de visages et de vies. Petit à petit, il a accepté que son père soit imparfait mais pas monstrueux pour autant, que son frère consacre sa vie à Dieu et que cet amour-là ne soit pas exclusif. Il a admis que sa mère ne serait pas pour ses enfants la grand-mère dont il rêvait, entre guignol et confiture, qu'elle ne serait que ce qu'elle pouvait être. Et que ce n'était déjà pas si mal.

Son analyse didactique était terminée depuis longtemps déjà, et il était l'un des analystes dont on publiait les communications. On l'appréciait dans les colloques. Ses mots étaient justes, ses pensées claires.

Je le savais très amoureux de sa femme, fier même. Ils avaient je crois trois enfants. Ou deux. Je ne sais plus.

Quand il est sorti de chez moi, j'étais certain que le meurtre dont il parlait était symbolique. Et si par extraordinaire il était réel, je me suis demandé ce qu'il fallait faire. Prévenir la police (trahir donc le secret professionnel), lui téléphoner pour en savoir davantage ? Je n'avais jamais été confronté à cette situation. Ne rien faire. Après tout, n'ai-je pas été toute ma vie le témoin de drames intimes qui se jouaient en temps réel ? Un meurtre n'est rien d'autre qu'une trahison guérie.

Il avait l'air bouleversé. Je l'ai raccompagné. J'ai soulevé un voilage qu'on ne voit pas tant sont épais mes rideaux. Et je l'ai vu. Il était assis sur un banc. A sorti de sa poche son agenda électronique. Je ne sais pas ce qu'il a écrit ou précisé. Peut-être a-t-il tout simplement effacé ses rendez-vous à venir.

— Quand il m'a dit l'avoir tuée, je ne l'ai pas cru. Vous savez dans mon métier, le meurtre est quotidien. Il y a toujours quelque chose ou quelqu'un à tuer pour parvenir soi-même à vivre.

Jeanne

Jeanne Silberblick, ce 5 mars vous semblez être la dernière personne à avoir vu le meurtrier présumé avant notre découverte. Que pouvez-vous nous dire ?

L'homme sans âge était là. Fidèle à notre banc. Il m'a dit sans me regarder :

« Je viens d'assister à une scène terrible : là devant moi, un couple marchait. Ils ne devaient pas avoir plus d'une cinquantaine d'années. La femme était très sophistiquée. Ses cheveux blonds étaient maintenus par un serre-tête. Elle tenait le bras de son mari. Il était évident qu'elle avait besoin de lui pour marcher, elle avait l'air épuisée. Brutalement, elle s'est éloignée de l'homme au péril de son équilibre et a dit très fort : "Tu me fais honte ! Tu ressembles à un clochard. Regarde-toi ! Tu es sale. Tes mains sont crasseuses. Ne me touche pas, tu me dégoûtes. De ton écharpe à tes chaussures."

« Elle a fait un pas sans lui sur le trottoir, elle est tombée. Son mari l'a aidée à se relever. Elle s'est accrochée à son bras. Il la tenait doucement pour ne pas lui faire mal. Elle n'a plus rien dit. Elle a attendu docilement que le feu soit vert pour traverser la rue. Je suis bouleversé. Bon, il faut que je rentre. »

Il s'est levé, riche de son anecdote. Il ne s'est pas retourné. Ce banc est un prolongement du divan sur lequel il s'étend, là juste en face.

Je me demande ce que penserait notre interlocuteur commun s'il nous avait vus assis, là, côte à côte.

Mes yeux pleuraient. Quand il m'a ouvert la porte, je me suis justifiée :

« C'est le vent. »

Je porte un manteau blanc. J'ai l'impression d'être protégée. Une armure magique en somme. Fidèle à mon habitude, en l'enlevant je l'ai mis à mes pieds.

Aujourd'hui, j'ai évoqué pour la première fois les récits de mon enfance. Quand les grands-mères se penchent sur le lit de leurs petits-enfants, elles leur racontent des histoires de fées et de princesses, de royaumes endormis, de vallées enchantées. Ma grand-mère à moi me racontait les pogroms dont elle, ses frères et sœurs et leurs parents avaient été victimes.

« Tu vois, mon trésor, les hommes du Tsar sont entrés à cheval dans la maison de mon père et ont tout brûlé. C'est là que nous avons décidé de venir en France. Et puis bien après, Meyer est parti.

— Et il est revenu, Meyer ?

— Mais non mon trésor. Je t'ai déjà expliqué… »

Difficile d'imaginer une fée au Vél d'Hiv.

Ce jour-là il était encore plus froid que de coutume. Son visage, le timbre de sa voix, son allure tout entière exprimaient une sévérité dont je ne pouvais m'empêcher de penser qu'elle était feinte, théâtrale même. Il composait le personnage que je devais me préparer à ne plus jamais revoir. Séance après séance, j'envisageais la séparation, j'apprivoisais l'au revoir, et j'apercevais l'adieu.

J'avais passé les trentes dernières années de ma vie à chercher des synonymes. Or chacun sait que le mot juste est irremplaçable. Les synonymes sont approximatifs, et ne remplacent jamais l'original dans toutes ses acceptions.

J'étais prête. Ce soir, sur l'air de mon enfance, je nous mettrai en scène. Je comprendrai peut-être alors, mais alors seulement, que c'est à moi de bercer la mémoire de mon père.

J'ai remis mon manteau comme on met une armure pour partir à la guerre. Mon billet était chiffonné, je savais qu'il n'en avait pas moins de valeur pour autant. Mais il ressemblait à l'une de ces pelotes que les chouettes régurgitent.

Le banc était maintenant occupé par un couple d'amoureux qui se regardaient comme s'ils se découvraient.

Je ne me contenterai pas de me garer, de guetter la lumière et de traquer les ombres.

J'étais sereine. Il n'est pas rentré chez lui. Il s'est dirigé vers le dix-septième arrondissement. S'est garé tout près du parc Monceau. Il a composé un code dont il se souvenait. Je l'observais. Je ne sais pas du tout à quel étage il est allé. Il est ressorti de l'immeuble un peu moins d'une demi-heure après y être entré.

Il s'est assis sur un banc. A levé les yeux vers l'immeuble. A cet instant, il m'a fait penser à l'homme sans âge, ou à moi.

J'étais certaine qu'il rentrerait chez lui. Je l'ai suivi, j'aurais pu le précéder. Ce que j'ai fait. J'ai roulé vite, il fallait que j'arrive avant lui. Il y avait une dizaine de noms inscrits sur l'interphone. J'ai sonné à tout hasard. L'un d'eux devait attendre une visite et m'a ouvert sans que j'aie besoin de décliner mon identité. Je suis montée au dernier étage et je l'ai attendu, assise par terre, adossée à la porte. Quelques minutes plus tard, il est sorti de l'ascenseur et m'a trouvée là. Il ne voulait pas me laisser entrer. J'ai prétexté un malaise. De mauvaise grâce, il a obtempéré.

« Bonsoir.

— Que faites-vous là ?

— Je voulais vous parler.

— Nous nous voyons trois fois par semaine. Nous avons rendez-vous lundi. Rentrez chez vous, il est tard. Nous reparlerons de cet incident. A lundi.

— Laissez-moi entrer. Une minute. Je ne me sens pas bien.

— Bon. Le temps de vous donner un verre d'eau…

— Jeanne, je m'appelle Jeanne. »

Je me suis assise dans le salon. La lumière était éteinte. Il est allé dans la cuisine chercher de l'eau. Quand il est revenu, je n'avais pas bougé. Il était nerveux, il voulait que je parte. Une odeur de mauvais souvenir avait envahi l'appartement.

« Vous ne me demandez pas comment je suis arrivée ici ?

— J'imagine que vous m'avez suivi.

— Vous pourriez me chanter une chanson en yiddish ?

— Ni en yiddish, ni en chinois, ni en rien. Partez. Je serai là lundi, comme tous les lundis. Partez. »

Je me suis allongée sur le canapé, et enroulée dans mon manteau blanc j'ai chantonné en murmurant :

« A yiddishe mame, es gibt nit beser in di velt
A yiddishe mame, oj vej vi biter ven zi felt »

Il s'est approché de moi et m'a caressé les cheveux.

Je me suis alors redressée, j'ai dit merci, et je suis partie.

Il a fermé la porte derrière moi. J'ai cru entendre un soupir de soulagement. Sur la table basse, j'avais posé un billet de cent euros.

J'étais venue ici pour faire justice à la grammaire du destin mais la fonction n'est pas la nature. Inutile de perdre sa vie à se mentir.

Sous mon jean, ma peau espérait les doigts de mon mari, endoloris par mon indifférence.

— Est-ce que j'ai imaginé qu'il y avait un cadavre dans cet appartement ? Oui. L'un des nombreux corps que j'ai offerts et repris à mon père par moi-même. La bulle avait éclaté. Il n'était plus que lui, un psychanalyste qui céderait dans mon emploi du temps sa place à l'un de ses confrères quand je le déciderai. Mais vous savez, mon père n'est jamais mort très longtemps.

La vie serait insupportable !

Epilogue

Je m'appelle Jeanne. Jeanne Silberblick. Aujourd'hui, comme tous les lundis, mercredis et vendredis, j'avais rendez-vous avec lui. J'étais venue mettre un terme à notre travail et lui demander de m'indiquer quelqu'un d'autre.

Nous sommes le 8 mars, il est 19 h 10. J'ai cinq minutes d'avance. Sur le banc est assis l'homme sans âge. J'ignore son prénom. L'intimité que nous partageons ne s'encombre pas de ces détails-là. Je vais m'asseoir à son côté. Nous ne disons rien. Il ne m'a adressé la parole qu'une seule fois pour me raconter une scène à laquelle il venait d'assister. Aujourd'hui j'ai l'impression qu'il ne me voit même pas. Il a l'air loin, si loin. Je ne dis rien. Je regarde autour de moi, la rue, les pigeons, les gens. J'appréhende cette séance. J'imagine qu'il va me parler de ce que j'ai fait vendredi dernier. Je vais avoir droit à un discours sur le cadre de notre travail. J'écouterai, soumise et rompue à ces règles pourtant transgressées le temps d'une berceuse en yiddish. Mes excuses n'auront pas de sens. Ici, là-bas plutôt, c'est nous qui décidons du sens de nos actes. J'espère qu'il portera son complet en velours marron et ses chaussures fines à lacets.

Je regarde ma montre. 12, 13, 14. Je me lève. Je n'ai jamais été en retard. L'homme sans âge, me retient alors. Il pose sa main sur mon bras. Et me dit :

« Inutile de vous dépêcher, il s'est suicidé samedi. »

TABLE

Le banc des soupirs

COMPOSÉ PAR FACOMPO À LISIEUX (CALVADOS)
ET ACHEVÉ D'IMPRIMER
SUR ROTO-PAGE
PAR L'IMPRIMERIE FLOCH
À MAYENNE EN FÉVRIER 2011

N° d'édition : 16614 – N° d'impression : 79010
Première édition, dépôt légal : janvier 2011
Nouveau tirage, dépôt légal : février 2011
Imprimé en France